Judith Poznan
PRIMA AUSSICHT

Judith Poznan

PRIMA AUSSICHT

DUMONT

Für Oma Karin
und Opa Wolfgang

»Einmal im Leben, zur rechten Zeit,
sollte man an Unmögliches geglaubt haben.«

Christa Wolf,
Nachdenken über Christa T.

Nein, sorg dich nicht um mich.
Du weißt, ich liebe das Leben.
Und weine ich manchmal noch um dich.
Das geht vorüber sicherlich.
Was kann mir schon geschehen?
Glaub mir, ich liebe das Leben.
Das Karussell wird sich weiterdrehen.
Auch wenn wir auseinandergehen.

Vicky Leandros

MAI

Es riecht verdächtig im Wohnwagen. Ein Mief, der einen sofort an ein kleines Kneipen-Kino erinnert, in dem heimlich geraucht wird und 20 Leute ihre schwitzigen Hintern 90 Minuten lang in die Sessel drücken. Ich öffne Schränke und Schubladen und bin jedes Mal erleichtert, nichts Totes zu entdecken. Der Autohändler streckt seinen Kopf weit durch die Wohnwagentür.

»Und? Kaufen?«

Mein Bauchgefühl sagt mir, ich sollte jetzt besser unverfänglich mit den Schultern zucken. Ich gucke weiter kritisch in alle Richtungen; der Autohändler muss ja nicht wissen, wie wenig Ahnung ich von Wohnwagen habe. Ziemlich genau gar keine nämlich, aber wer hat schon Ahnung von Wohnwagen? Trotzdem stehe ich jetzt in einem drin, bereit, ihn zu kaufen, weil Bruno gesagt hat, er möchte erst mal kein zweites Kind haben. Eigentlich wollte ich heute keinen Wohnwagen kaufen, sondern nur Wohnwagenkaufen üben. So wie ich plante, mich auf das »erst mal« in Brunos Satz zu konzentrieren, aber das Schicksal möchte mich offenbar lieber komplett durchdrehen sehen.

In meiner Hosentasche steckt eine Checkliste aus dem Internet, auf der wichtige Dinge stehen, die mich vor einem Fehlkauf bewahren sollen. Fast beiläufig frage ich den Autohändler, ob denn hier alles trocken sei.

»Ja, alles trocken«, sagt der Autohändler, der, wie mir scheint, auch keine Ahnung von Wohnwagen hat. Hier auf dem Platz gibt es nämlich nur diesen einen Wohnwagen und ansonsten Pkws. Ich finde das aber gar nicht so schlecht, schließlich scheint die Sache hier zwischen mir und dem Autohändler fachlich recht ausgeglichen. Der steht jetzt draußen ein paar Meter weiter weg und raucht eine Zigarette.

Der Wohnwagen hat einen Sitz- und einen Schlafbereich, eine Küche, einen Schrank, und es hängen zweifelhafte Gardinen an den Fenstern. Außerdem ist da noch Müll. Leere Dosen, ein alter Reifen und schimmliges Toastbrot, von dem ich hoffe, es stammt nicht noch vom Erstbesitzer. Menschen mit Wohnwagen kannte ich bisher nur vom Hörensagen, sie waren um die 60 und hießen Ruth oder Horst. In dem Wohnwagen gibt es keine Toilette, aber immerhin einen großen Spiegel am Schrank. In den gucke ich jetzt, um herauszufinden, wie viel Ruth wohl in mir stecken könnte. Der Autohändler klopft vorsichtig an die Tür, als würde er mich bei etwas Wichtigem stören. Dann schießt es aus mir heraus: »Wie viel?«

»1400 Euro«, sagt er, und ich versuche zu gucken, wie Ruth es vielleicht tun würde. Absolut entspannt, alles klar, 1400 Euro also. Als Langzeitstudentin des Fachs »Kreatives Geldausgeben« habe ich natürlich keinen Schimmer, ob das ein fairer Preis für einen 41 Jahre alten, wahrscheinlich trockenen Wohnwagen ist oder nicht. Der Autohändler spricht nur wenig Deutsch, was mir glücklicherweise weitere bescheuerte Fragen über die Technik erspart. Irgendwie schnappe ich auf, der Wohnwagen habe keinen TÜV mehr, was aber nicht weiter schlimm ist, weil ich erstens nicht genau weiß, was ein TÜV ist, und zweitens meine Vision für die Deko längst steht.

Ich rufe Bruno an und sage, er solle sich festhalten, der Wohnwagen sei der Knaller. Hier und da müsse natürlich noch was gemacht werden. Der hässliche Gummiboden muss raus, die Küche wahrscheinlich auch. Aber der Gesamteindruck stimmt, und der Autohändler schwört, der Wohnwagen sei trocken. Bruno antwortet »hmm« und schließlich »okay«, und ich lege auf, bevor er Fotos von innen verlangt.

Seit Bruno das mit dem zweiten Kind gesagt hat, nerve ich ihn unentwegt damit, wie wichtig eine stabile Familiendynamik zu dritt ist. Damit aus dem Jungen nicht aus Mangel an Geschwisterkindern ein Psychopath wird. Drei Jahre Altersabstand seien doch super, sagte ich dann. »Findest du nicht, das ist super?« Bruno hatte da keine eindeutige Antwort drauf. Er lief dabei ganz komisch auf und ab. Sein nervöser Anblick bohrte sich richtig tief in mich rein. Plötzlich war sie da. Die Krise. Wir müssen spießig werden, habe ich ihm nach unserem ersten Gespräch darüber beim Abendessen erklärt. Da hat er sich fast an den Nudeln verschluckt.

Noch einmal ziehe ich mich allein in den Wohnwagen zurück. Ich bin überrascht, wie groß er plötzlich von innen auf mich wirkt, drehe noch eine Runde, setze mich hin, stehe wieder auf und hüpfe sogar einmal. Der Sommer spielt sich vor meinen Augen ab: wir auf unserem Campingplatz, im Wohnwagen aufwachend, draußen wartet schon der Tag auf uns.

Ich steige, eingehüllt in Optimismus, aus dem Wohnwagen und erkläre dem Autohändler, dass ich dieses Prachtexemplar gerne kaufen möchte. Ich weiß nicht, warum, aber irgendwie sieht er überrascht aus. Dann fangen wir an, uns zu besprechen, ich glaube, es heißt Verhandlung. Er sagt jedenfalls: »Mit Lieferung, 1700 Euro.« Ich schreie: Das ist zu teuer, o mein Gott, o mein Gott, gehen nicht 1500, bitte, bitte. Er sagt: »Na gut.« Wenn das Verhandeln ist, dann bin ich, glaube ich, sehr gut darin.

Ich fahre nach Hause und bin völlig außer mir – und werde es wohl für den Rest meines Lebens bleiben. Was nur verständlich ist. Immerhin bin ich ab sofort Besitzerin eines Wohnwagens.

* * *

Eine gepflasterte Landstraße führt zu unserem Campingplatz. Rechts liegt der See und auf der anderen Seite ein weites, kurz gemähtes Feld. Von der Straße aus kann man dahinter die Parzellen mit den Wohnwagen gut sehen. Die gesamte Anlage ist nicht sehr groß, man erreicht nach Sichtung des ersten Wohnwagens in nur wenigen Sekunden das Eingangstor. Ein Verkehrsschild warnt vor spielenden Kindern, ringsherum ragen hohe Bäume in den Himmel, als würden sie wetteifern, wer von ihnen es am höchsten schafft. Ich weiß noch, wie überrascht ich bei unserem ersten Besuch war, dass es so etwas Idyllisches in Brandenburg zu finden gibt. Glamourös ist hier aber nichts. Das Versprechen von der perfekten Erholung ist schon ein wenig in die Jahre gekommen, aber weil alles einen so herrlichen Eindruck nach nichts müssen und nichts können macht, der Campingplatz wahrscheinlich nach genau diesem Motto die DDR überlebt hat, kann man einfach nicht meckern. Das Auto, mit dem wir an den Wochenenden zum Campingplatz fahren, habe ich schließlich von meiner Mutter. Sie hatte es mir schon früher mehrmals angeboten, weil der Chef ihrer ambulanten Pflegestation ihr einen Firmenwagen in Aussicht gestellt hatte, ich aber bisher keinen Grund für ein Auto in der Stadt sah.

Am Samstag wird der Wohnwagen geliefert. Die letzten zwei Wochenenden haben wir gezeltet. Kaum zu glauben, wie nun wirklich der Wohnwagen langsam den Kiesweg runter zu unserer Parzelle rollt. Vorneweg im Auto mit Anhängerkupplung der Händler, der mich sofort zu erkennen scheint. Er winkt. Pfeilschnell strömen von allen Seiten Nachbarn dazu und begutachten die neue Dose vom Platz. »Jutet Ding!«, legt sich Günther von gegenüber nach einigen Minuten fest und läuft los, um sein Messgerät zu holen. »Kieken, ob dit och Saft hat.« Günther erinnert mich an Opa Wolfgang, der auch keine T-Shirts besaß und, wie ich als Kind vermutete, sich zu Weihnachten immer eins lieh. Es ist genau diese Mentalität ostdeutscher Männer, mit der ich gut kann. Obenrum frei, bisschen mürrisch, aber das Herz an der richtigen Stelle. Immer Werkzeug am Start, natürlich.

In der Kleingartenanlage meiner Großeltern, in der ich als Kind mit dem Fahrrad den Akazienweg runtergedüst bin, reihte sich eine Parzelle an die nächste. Die Zäune standen fest, trennten, was Erde verband, und an jedem Eingangstor prangte ein Schild, auf dem das Wort »Lebensgefahr« stand. Meistens handelte es sich bei der Lebensgefahr um kleine, kläffende Malteser, die leidenschaftlich versuchten, ein Leckerli zu ergattern. So einen hatten meine Großeltern auch. Für uns Kinder waren die Wochenenden in der Kleingartenanlage das absolute Paradies, in dem man sich beim Buddeln Füße und Hände ausdrücklich schmutzig machen durfte. Ein richtiges Bad gab es in dem kleinen Häuschen nicht, keine Dusche oder Wanne, nicht mal eine richtige Toilette. Gewaschen haben wir uns mit Lappen, was Oma Karin Katzenwäsche nannte, in großen Plastikschüsseln draußen auf dem Rasen, von denen mein Bruder und ich je eine eigene hatten, was uns zum Wetteifern aufforderte, welches Wasser schwärzer war. Ich hatte auch einen eigenen Apfelbaum und eine Gartenschere, auf der mein Name stand. Nie wieder brachte ich für etwas so viel Leidenschaft auf wie für das Schneiden der Rasenkante an unserer Einfahrt. Das Geräusch der Gartenschere, der Anblick des grün gefüllten Eimers und schließlich die lobenden Worte von Oma Karin. Selbst der sonst so grimmig schauende Nachbar nickte, in seinen Gartenstuhl gelehnt, beim Anblick des kleinen Mädchens, das die komplexen Reglementierungen in Sachen Rasenhöhe verstand. Abends lagen wir alle zusammen im Bett, im Fernsehen lief *Die 100.000 Mark Show*, unvergessen der heiße Draht, der uns Kinder vor Spannung aufspringen ließ. Anschließend sahen wir *7 Tage, 7 Köpfe* mit Rudi Carrell und Jochen Busse, gingen irgendwann rüber und schliefen schließlich auf unseren Klappliegen ein.

Der Wohnwagen hat sogar eine Solaranlage auf dem Dach, wie sich herausstellt, als Jochen, der Nachbar hinter uns – ebenfalls im halben Adamskostüm –, plötzlich auf unserem Wohnwagen draufsteht. Angeblich kann man einen Kleinwagen auf das Dach eines Wohnwagens stellen, erfahre ich. »Die halten wat aus!«, ruft Jochen von oben runter, als er mein verunsichertes Gesicht sieht. Und auch wenn ich Angst habe, dass der Wohnwagen jeden Moment zusammenbricht und mit ihm mein neuer, halb nackter Nachbar, bin ich ziemlich stolz darauf, wie der Wohnwagen da so steht und schick aussieht. Offiziell und feierlich wie eine Zusage von ganz oben.

»Und?«, sage ich zu Bruno. »Das ist doch wirklich richtig

gut gelaufen, oder?« Bruno nickt. Er gibt mir einen Kuss. Günther hält mittlerweile ein Messgerät in der Hand und ein gerahmtes Foto von seiner Dose vor der Renovierung vor zehn Jahren. An Messen ist erst mal nicht zu denken, weil Günther anfängt, von damals zu erzählen.

Mit ein paar kräftigen Armen lässt sich der Wohnwagen an die richtige Stelle schieben. In meinem Kopf steht der da mindestens für die nächsten zehn Jahre. Überhaupt verliebe ich mich erst jetzt so richtig in den Wohnwagen. Mit den hohen Bäumen ringsum, Bruno, der versucht, den Sohn davon abzuhalten, ebenfalls auf das Dach zu klettern, und meinen schnatternden Nachbarn davor fühle ich das ganz große Glück. Ganz still stehe ich da und bewege mich nicht. Ich möchte, dass alles von diesem Moment in mich hineinspült.

Und so stört es mich fast gar nicht, dass Jochen beim Abstieg zwei faustgroße Löcher in der Außenwand entdeckt. Nicht schlimm bei Regen, sagt er. Aber ganz schlecht wegen der Mäuse.

In den nächsten Wochen werde ich also alles daransetzen, das Ding wieder herzurichten. Und auch die Parzelle ein bisschen zum Blühen zu bringen. Opa Wolfgang erklärte mir mal, es gäbe viele Arten, seinen Rasen falsch wachsen zu lassen. Aha, dachte ich damals und kapierte überhaupt nicht, was er meinte. Aber heute verstehe ich es zum ersten Mal. Man muss eben herausfinden, wie etwas richtig ist.

* * *

Bisher hangelten wir uns als Familie so durch. Bruno und ich waren gerade mal sechs Monate zusammen, als ich von meiner Schwangerschaft erfuhr. Kennengelernt hatten wir uns in einem Büro in Kreuzberg, wo wir beide als Autoren und Texter arbeiteten, davor waren wir uns zwar einmal auf einer Party begegnet, ich hatte ein schwarzes Kleid an und er einen lustigen Hut auf, aber ich rechne das beim Erzählen unserer Liebesgeschichte noch nicht mit ein. Eigentlich wollten Bruno und ich uns ja wieder trennen, sind dann aber stattdessen für ein Wochenende nach Weimar gefahren. Richtig gut kannten wir uns nicht, aber das stört zum Glück nicht, wenn man verliebt ist. Ich wusste, Bruno war nicht ganz richtig im Kopf, weil er gesagt hatte, er sei nicht ganz richtig im Kopf. Bei der Rückreise kaufte ich mir am Hauptbahnhof einen Schwangerschaftstest und fuhr mit zu Bruno nach Hause. Ich hatte seit Tagen ein komisches Ziehen im Unterleib, als würde jeden Moment meine Regel losgehen. Am nächsten Morgen pullerte ich auf das Plastikteil, in der Hoffnung, ich hätte vielleicht nur was Schlechtes gegessen. Die zwei Striche klärten mich dann aber schnell auf. Zwei Striche. Wahnsinn, wie sich das Leben mit nur einmal Pullern verändern kann. Und dann noch zwei Striche, die wirklich besonders schnell da waren. Jahrelang guckt man Filme, in denen die Heldin noch ein paar Minuten Zeit hat, wenigstens ihre Hände einmal nervös vors Gesicht zu schlagen. Oder ein bisschen unruhig umherzulaufen, sich auszumalen, wie das Leben mit einem Baby sein könnte. Ich: sitze, puller, und zack, das Ergebnis. Ich musste superschwanger sein oder so was. Wahrscheinlich Zwillinge. Wie eigenartig, in diesem Moment allein zu sein. Wie kann es nur irgendeine Frau auf der Welt aushalten, mit solchen Neuigkeiten allein zu sein?

Ich verließ sofort das Badezimmer, weil ich es keine Sekunde länger mit mir aushielt. Der Weg zum Schlafzimmer kam mir wie eine Fernreise vor. Ich als Abenteuertouristin in der Wohnung meines Freundes. Durch den Flur, der kein Flur mehr war, sondern ein Dschungel. Die Schlafzimmertür hatte etwas von einem Höhleneingang, durch den ich mich vorsichtig durchschob. Um im Thema zu bleiben, ging ich auf alle viere wie ein Tier. Bruno, der eigentlich noch schlief, öffnete seine Augen einen kleinen Spalt und fragte: »Was machst du da?«

Ich: »Kriechen.«

Und so kroch ich schließlich zu Bruno unter die Decke und atmete ganz ruhig.

»Willst du eigentlich mal Kinder haben?«

Boah, konnte der die Augen aufreißen.

»Du hast nen Knall.«

Und da waren wir. Im Erlebnispark Familie. Seitdem versuchen wir, darin irgendwie die Aussicht zu genießen. Als Eltern, als Paar, als eigenständige Individuen. Mittlerweile ist unser Sohn zwei Jahre alt. Er kann laufen, sprechen und spektakulär im Liegen sauer sein. So schlecht finde ich uns eigentlich gar nicht. Also klar, regelmäßig befallen mich Ängste, wir seien nicht gut genug für unseren Sohn. Wir sind schuld, wenn er eines Tages in einer Therapiesitzung erzählt, er könne sich nicht entscheiden, wer von uns beiden es mehr versaut habe. Manchmal habe ich Angst, Bruno muss vielleicht wieder in die Klapse zurück und ich zum Jobcenter. Aber wir haben Potenzial.

Dann rief Katja an, Katja, die wir vor zwei Jahren zusammen mit ihrem Mann Walter über ein paar andere Freunde kennengelernt haben, als plötzlich alle Fortpflanzung für sich entdeckten. Sie erzählte, sie hätten bei einem Badeausflug zufällig einen Campingplatz in Brandenburg entdeckt, der, wie sie auf ihre Nachfrage erfahren habe, noch Parzellen frei habe, woraufhin ich sofort nach meinen Schuhen griff. Bruno hat mich erst einmal beruhigt und gesagt, wir könnten uns das ja mal überlegen. Meine Reaktion darauf halte ich heute noch für sehr angemessen. Ich heulte. Ich hatte gerade entschieden, spießig zu werden. Wollte mich einreihen in die Riege der Normalen, der Zufriedenen, der Alleshabenden. Mann, Kinder, Job, Wohnung, Auto und Garten. Ich war zwar nach wie vor überzeugt, wir müssten noch ein zweites Kind bekommen, aber das stand im Moment nicht zur Auswahl. Also was laberte der da von Überlegen?

»Der Junge ist Einzelkind und wird seine gesamte Kindheit einsam in unserem Hinterhaus verleben. Und dann wird er Drogen nehmen. Oder Kunstgeschichte studieren.«

Ich wusste nicht, was es war, das da aus mir herausschoss, aber Bruno reagierte mit der Ruhe eines Bombenentschärfers und nahm mich in den Arm, wie er es immer tat, wenn ich gerade einen emotionalen Moment hatte. Oder wie Bruno es nannte: Gefühlsdurchfall.

»Weißt du noch, die Liste, die du mir neulich vorgelesen hast? Die, die dir Hoffnung schenkt? Komm, zähl noch mal auf«, sagte er. Ich wischte mir tapfer die Tränen ab. Das ließ ich mir nicht zweimal sagen.

»Leonardo DiCaprio, Natalie Portman, Adele, Al Pacino, Daniel Radcliffe.«

»Und was sind die alle?«

»Einzelkinder.«

»Und was noch?«

»Erfolgreich.«

»Na also. Ich denke, es ist besser, wenn wir uns jetzt erst einmal alle beruhigen. Wir machen einen Tag mit Katja aus, um uns den Campingplatz anzuschauen.«
»Versprichst du mir, wir fahren dahin?«
»Versprochen.«
»Blöd nur.«
»Was?«
»Wir haben gar kein Auto.«
»Ich weiß.«

* * *

Es war März 2018, ein paar Monate nach dem Morgen in Brunos Bad. Ich lag mit Blähbauch in einem Krankenhausbett. Aufgefallen war es mir nur, weil die Decke sich nach oben gewölbt hatte, was nicht nur merkwürdig aussah, sondern gleichzeitig die Stelle meines Schmerzes war. Die komplette Schwangerschaft, alle Obstsorten durch, die Geburt, und der Bauch war immer noch kugelrund. Wie ein Luftballon fühlte er sich an, als ich vorsichtig mit dem Finger dagegentippte. Was war da los? Und wann käme jemand, um mir zu sagen, was da los war? Ich klingelte nach der Pflegerin, die eine halbe Stunde später kam.
»Hallo, mein Bauch ist ein Ballon und schmerzt. Was ist da los?«
Die Pflegerin, eine neue, nicht mehr die schrecklich grobe von letzter Nacht, hob die Decke und sagte, dass bei einem Kaiserschnitt manchmal Luft in den Bauchraum gerate, die erst mit der Zeit entweiche. Also wirklich ein Luftballon. Ich war schockiert und fragte, wie die Luft denn entweichen könne, wenn der Bauch doch dann jetzt zugenäht sei. Ich war wegen einer

Geburt gekommen, und es fiel mir schwer, mich als Patientin anzupassen. Sie betastete noch einmal meinen Bauch, knetete ihn wie einen Brotteig, ihre Hände waren arschkalt, was ich ihr sagte, wofür sie sich entschuldigte, sie habe immer kalte Hände.

»Sie müssen auf Toilette«, sagte die Pflegerin mit den arschkalten Händen. Ich fand die dann jetzt doch eine unmögliche Person. Eigentlich alles an dieser Situation war unmöglich. Der Bauch, das Krankenzimmer, die Matratze, der Kaiserschnitt, das Wetter draußen. Bruno war mit dem Baby auf dem Gang spazieren, ich lag mit Luftballon als Bauch in einem Bett, und vor mir stand Kalthand, wie ich sie jetzt nur noch nennen würde, und schaute sorgenvoll in mein Gesicht. Wobei es mich extrem nervte, dass sie nicht sorgenvoller schaute.

»Ich kann nicht auf Toilette«, sagte ich.

»Seit wann nicht?«

Und das Gespräch wurde unangenehm in drei, zwei, eins: »Seit drei Tagen.«

»Wir können einen Einlauf gegen die Verstopfung machen.«

Die Worte Einlauf und Verstopfung belasteten mich sofort. Unfassbar grässliche Worte, ich wollte sofort in der Wand hinter mir verschwinden. Eitelkeit – eine ganz schlechte Kombination mit Krankenhaus.

»Sobald die Verstopfung weg ist, wird auch der Bauch nicht mehr schmerzen.«

Sie sollte um Gottes willen nicht mehr Verstopfung sagen. Bruno kam rein, das Baby am Schreien.

»Okay.«

»Was?«, fragte Bruno.

»Ich bekomme einen Einlauf«, sagte ich und schlug die Hände vor mein Gesicht. Kalthand verließ den Raum. Das Baby wurde ruhiger, weil ein Vater draußen im Gang Bruno den Fliegergriff gezeigt hatte, den er mir jetzt ganz stolz vorführte, was mein Herz verkrampfen ließ, weil ich dachte, das Baby fliegt vor allem gleich auf den Boden. Ich versuchte, ohne Brunos Hilfe aufzustehen; es war schrecklich, nicht aus dem Kreißsaal als die starke Frau herausgekommen zu sein, die ein Kind zur Welt gebracht hatte, sondern als jammernde, aufgeblähte, nach vorn gerichtete Patientin. Auf dem Stationsflur konnte man genau sehen, wer eine natürliche Geburt gehabt hatte und wer eine Sectio. Die Aufrechten: natürliche Geburt. Die Gekrümmten: Sectio.

Kalthand kam nach einer endlos langen Stunde wieder, da drehte ich gerade meine dritte Runde auf dem Flur. In einer Pappschale in ihrer Hand lagen ein Beutel mit Flüssigkeit und ein roter Schlauch. Dicker als ein Strohhalm, aber dünner als ein Duschschlauch. Ich folgte ihr in Zeitlupe zurück in mein Zimmer. Bruno musste auf jeden Fall raus, sobald ich diese Prozedur über mich ergehen ließ, von der ich hoffte, sie zählte wenigstens ein bisschen als medizinische Notwendigkeit. Ich drehte mich zur Seite, zuckte, und Kalthand führte den Schlauch in meinen Darm ein. Der Druck war nicht angenehm, aber auch nicht so schlimm, wie ich es mir vorgestellt hatte. Bilder von Marilyn Monroe schossen mir durch den Kopf, weil ich mal gelesen hatte, ihre Assistentin habe ihr jeden Abend einen Einlauf verpasst. Die weltschönste Ikone hatte auch so angewinkelt in ihrem Bett gelegen mit einem Schlauch im Darm, solche Gedanken halfen.

»Können Sie bitte Ihren Schließmuskel anspannen.« Ich spannte. »Noch mehr.« Ich spannte. »Bisschen mehr noch, Sie können das.« Ich spannte um mein Leben, dachte ans Pressen und wie viel schöner es alles hätte sein können. Innerlich hoffte ich, es würde endlich vorbei sein. Dann war Kalthand fertig, so wie ich, aber mein Darm hatte es gut weggesteckt, glaubte ich. Kalthand lachte nicht. »Jetzt warten Sie ein bisschen, und dann müsste es klappen.«

Bruno kam wieder mit dem Baby rein, das jetzt schlief, und ich sagte, wenn es losgehe, müsse er sofort wieder mit dem Baby raus. Unruhig, aber immer noch in Zeitlupe, als wäre ich 80 Jahre alt mit künstlicher Hüfte, lief ich im Zimmer umher, absurderweise vorfreudig gespannt, dabei wartete ich nur darauf, aufs Klo zu gehen. Nach 30 Minuten spürte ich den besagten Druck. Ich schrie: »Du musst weg!« Bruno grinste. Warum grinste er und ging nicht? Ich schrie wie am Spieß »Weeeg!«, dann hielt mich nichts mehr, ich konnte aber nicht rennen, also humpelte ich in den Toilettenraum meines Zimmers und dachte, wir werden nie wieder Sex haben. Schiebetür zu. Auf die Klobrille. Es schoss aus mir raus. Ich hörte, wie Bruno sagte, er finde das ein bisschen witzig. Ich schrie »Ich hasse dich!« und guckte zwischen meine Beine ins Klo. Nur die Spülung kam raus. Mein Bauch schmerzte tierisch, ich hörte, wie Bruno die Zimmertür schloss. Bestimmt saß ich 20 Minuten lang einfach zusammengesackt auf dem Klo. Schließlich hörte ich, wie die Zimmertür wieder aufging. Ich schleppte mich enttäuscht aus dem Toilettenraum; wieder eine andere, eine noch nie vorher gesehene Pflegerin stand vor mir. Erst kommen sie nicht, und dann sind sie plötzlich da. »Mir wird schwindlig«, sagte ich. Die Pflegerin nahm meinen Arm, sie trug kein Namensetikett, und auf die Schnelle fiel mir kein geeigneter Name für sie ein. Dann spürte ich wieder Druck und flüsterte, ich müsse auf die Toilette. In letzter Sekunde hievte mich die Pflegerin auf die

Klobrille, und die drei Tage anhaltende Verstopfung löste sich in der Konsistenz eines Eintopfs. Es passierte gerade wirklich. Ich schiss vor einer mir völlig fremden Person. Die Geräusche waren epischsten Ausmaßes. Ich fühlte mich von Kalthand verraten, weil jetzt die andere hier war und nicht sie. Scheinwerfer an, die Kamera schwingt in die Totale. Wäre das jetzt ein Film, liefe als Hintergrundmusik sicherlich etwas Dramatisches von Hans Zimmer.

Die Pflegerin war etwas irritiert, hätte ich ihren Zustand anhand ihres Gesichtsausdrucks erraten müssen. Sie wollte der Patientin schließlich nur das Essen bringen, jetzt schiss die Patientin einfach drauf los. Ein bisschen war ich erleichtert, dass jetzt endlich alles rauskam. Und ich musste mich säubern. Abwischen. Noch so ein Wort, warum gab es für solche Vorgänge Wörter? Wie nur sollte ich es anstellen? Ich konnte mich wegen der Kaiserschnittnarbe, die angefangen hatte zu pochen, nicht drehen. Der erste Versuch einer würdevollen Drehung tat höllisch weh. Können Sie mir bitte den Hintern abwischen, ging mir nicht über die Lippen. Die Pflegerin wäre mir allerdings immer noch lieber als Bruno, verhandelte ich mit mir.

Zusammenreißen, denken, machen. Egal. Nicht egal. Egal. Ich drehte mich, nicht wie Marilyn Monroe es vermutlich getan hätte, aber ich schaffte es, mit dem Papier an meinen Hintern zu kommen. Ich stöhnte, und ich weinte. Die Pflegerin drehte sich andächtig weg. Im nächsten Moment guckte ich hoch zu ihr. Dabei fiel mir auf, sie trug überhaupt kein weißes T-Shirt wie die anderen. Mein Blick wanderte nach unten. Die Frau trug Straßenschuhe. Wie nach einem verlorenen Wettkampf schlurfte ich an ihrem Arm hängend zurück zum Bett und sank in die Matratze. Die Frau nahm das Tablett mit dem Essen wieder in die Hände. »Ich wollte eigentlich zu meiner Schwiegertochter, ihr das Mittagessen bringen«, sagte sie. »Ich bin wohl im falschen Zimmer gelandet.«

Wir schwiegen beide. Es war mein dritter Tag als Mutter.

* * *

Es ist ein Schrotthaufen. Der Wohnwagen ist ein Schrotthaufen, wahrscheinlich hätte ich die 1500 Euro genauso gut irgendwem in die Hand drücken können, es würde keinen Unterschied machen. Je öfter ich den Wohnwagen sehe, desto mehr Stellen fallen mir auf, die ohne Zweifel darauf hinweisen, dass es sich um einen Schrotthaufen handelt. Innen konnte ich ihn retten, da war ich mir sicher, aber außen ist mehr nicht in Ordnung als in Ordnung, und andere Fachkenntnisse habe ich nicht. Die Gummiabdichtungen sehen nicht in Ordnung aus, die Leisten sehen nicht in Ordnung aus, die Tür sieht definitiv nicht in Ordnung aus. Vielleicht schimmelte das ganze Ding schon vor sich hin, bevor wir auch nur einmal drin geschlafen hatten. Bei der Besichtigung klebte ein Stück Pappe an der Wand, auf dem man seinen Namen und seine Telefonnummer hinterlassen konnte, was mir jetzt erst wieder einfällt. Ungefähr zehn Namen standen vor meinem Namen. Zehn Namen! Zehn Menschen hatten sich den Wohnwagen angeschaut und ihn nicht gekauft. Diese Liste war wie die Reihe Ex-Freundinnen, die mich warnte, auf keinen Fall mit dem Gitarristen auszugehen.

Der Wohnwagen ist definitiv ein Schrotthaufen, was ich aber erst einmal nicht laut ausspreche. Ein besseres Mantra hat niemals zu mir gepasst. Ich stehe also davor, zweifle und habe mal wieder einen Christy-Brown-Moment in meinem Leben.

Es gibt nur eine Handvoll Bücher, die ich zum exakt richtigen Zeitpunkt gelesen habe. Mir ist vollkommen klar, *Mein linker Fuß* von Christy Brown ist so ein Buch. Ich war nie gut in der Schule. Und ich hatte nie Ambitionen, dies zu ändern. In der Grundschule musste ich nachmittags in die Förderstunde. So hieß das. Man saß dann da mit einer Lehrerin und drei anderen Schülern, von denen man hoffte, sie seien wenigstens noch dümmer als man selbst. Als ich Oma Karin erzählte, ich müsse in die Förderstunde, hatte sie gerade ihren Streuselkuchen gebacken. Den mit den Kirschen; sie konnte ihn so gut, sie musste dafür nichts mehr messen oder abwiegen, einfach alles rein nach Gefühl, er schmeckte immer gleich. Die Kirschen habe ich stets aus dem Streuselkuchen gepult, weil ich wusste, in den Kirschen sind Maden. Was Oma Karin vehement abstritt, woraufhin ich einmal zum Beweis eine Kirsche öffnete und sich sogleich eine gefräßige Made zeigte, die sich durch das Fruchtfleisch schlängelte, was Oma Karin als reinen Zufall bezeichnete. Die Kirschen seien gut. Eine weitere durfte ich nicht öffnen. Bis heute esse ich keine selbst gepflückten Kirschen, von keinem Baum, egal wie hartnäckig vom Pflücker behauptet wird, es seien keine Maden drin. Wirklich, es sind immer Maden in Kirschen. Unter dem Kirschbaum im Garten meiner Großeltern saß ich oft. Mein Lieblingsplatz im Garten. In der Förderstunde säßen die dummen Kinder, sagte ich zu Oma Karin, und Oma Karin erklärte, dumme Kinder gebe es nicht, nur faule.

Nicht gerade etwas, was mit der Förderstunde zu tun hat, aber früh dazu beitrug, was für ein Ort die Schule für mich war. In der zweiten Klasse wollte ich unbedingt kurze Haare haben, so wie Prinzessin Diana, was sich als der erste Fehler meines Lebens herausstellte, weil die Friseurin, eine sehr untalentierte, die ich Mama nannte, die Schere viel zu kurz angesetzt hatte, sodass meine kurzen Haare wirklich kurze Haare waren, etwa zwei Zentimeter. In der Schule hielten sie mich für einen Jungen, und größere Mädchen versperrten mir den Weg zum Mädchenklo. Sie zwangen mich ins Jungenklo, und da saß ich mit den Händen vor meinem Gesicht unter einem Waschbecken, bis die Schulglocke läutete.

Am Ende der sechsten Klasse bekam ich eine Gymnasialempfehlung. Handschriftlich hatte die Klassenlehrerin »mit Bedenken« hinter das Kästchen mit dem Kreuz ergänzt. In der Oberstufe schlief ich ein, ich kam zu spät oder ging gar nicht erst hin. Klausuren waren nicht mein Ding, weil ich nicht auf Knopfdruck funktionieren wollte. Gut, ehrlich gesagt, nicht konnte. Erste Stunde, 8 Uhr morgens, Klassenarbeit auf den Tisch, du hast 45 Minuten. Mein Kopf: leer. Dieser durch und durch hassenswerte Moment, wenn der Klassenspiegel an die Tafel geschrieben wurde und Frau M. irgendetwas von Italien faselte. Pisa, aha, ja, da will ich vielleicht mal hin. Nie gab es mehr Einsen als Vieren. Generell hoffte ich, nicht schon wieder zu den drei Fünfen zu gehören. Erst mal ein Buch lesen auf den Schreck. Lesen, das bedeutete für mich abtauchen, nicht erreichbar sein, nicht gestört werden können, mich der Welt ein bisschen zu verweigern, indem ich eine andere betrat.

Bücher sind für mich Wegbegleiter. Sie fordern und unterhalten mich gleichermaßen, sie gehören mit dazu auf eine ganz selbstverständliche Art und Weise, die es mir unmöglich macht, am Schaufenster einer Buchhandlung vorbeizulaufen, ohne zu schauen, was präsentiert wird. Oft gehe ich natürlich rein und kaufe Bücher. Seit Neuestem nicht mehr nur für mich, sondern auch für den Sohn. Bruno hat schon angefangen zu meckern, ich würde es übertreiben mit seiner Leseförderung, und er hat gesagt, wenn ich noch ein einziges Buch kaufe, verlässt er mich. Deswegen gehe ich mit dem Sohn jetzt immer in die Bibliothek, und wenn ich doch wieder ein Buch kaufe, dann nur heimlich, und es bekommt zwei gefälschte Etiketten von mir auf den Buchdeckel. Schön gestempelt ein großer Buchstabe rechts oben in die Ecke. Und noch eins unten auf den Buchrücken mit einer Nummerierung. Eines Tages werde ich vermutlich damit auffliegen und mit all meinen Büchern ausziehen müssen.

Kurz vor dem Abitur las ich also *Mein linker Fuß*, eben von Christy Brown. Es ist mir bis heute ein Rätsel, wie es in meine Hände gelangte. Es lag vor mir, ich griff danach, daran war nichts besonders. Die Wirkung jedoch schon. Christy Brown, wie er mit einer Lähmung auf die Welt kommt, die ihn nur seinen linken Fuß kontrollieren lässt. Wie er es damit schafft, Maler zu werden, weil er mit seinem linken Fuß den Pinsel hält. Und ich sollte nicht mein Abitur schaffen? Also lernte ich, beschwingt von den Gedanken an Christy Brown, der schließlich mit einer für ihn gefertigten Schreibmaschine Schriftsteller geworden war. Ich bestand alle meine Klausuren, gerade so, aber ich bestand. Und ich entschied mich für eine Ausbildung zur Buchhändlerin, die ich jahrelang mit Begeisterung blieb.

Dieser Schrotthaufen vor mir – wenigstens versuchen will ich es.

JUNI

Schon als wir das dritte Mal zum Campingplatz fahren, ist es zu einem Ritual geworden, einen kleinen Stopp an der letzten Tankstelle vor unserem Ziel einzulegen. Dort decken wir uns ein mit kalten Getränken – Bier für Bruno, Eistee für mich und Wasser, das für einen Wüstenaufenthalt reichen würde –, Wiener Würstchen im Brot und dem geliebten Kaktus-Eis für den Sohn. Von der Tankstelle aus sind es laut dem Navi nur noch zwölf Minuten bis zu unserem Campingplatz. Im Radio läuft immer ein Sender, der alte Musik spielt. Da ich mich nicht völlig sicher hinter dem Lenkrad fühle, schleiche ich ab da mehr oder weniger über die schmalen Landstraßen, die zwar angeblich zweispurig sind, aber mich jedes Mal abbremsen lassen, wenn Gegenverkehr kommt. Bruno hat keinen Führerschein, also bin ich diejenige, die uns fährt. Sobald ein großes Auto von vorne anbrettert, schwitze ich. Bei einem Traktor halte ich sogar die Luft an. Bruno sagt, ich sehe beim Autofahren aus, als müsste ich aufs Klo. Er regt sich außerdem schrecklich laut darüber auf, wenn sich hinter uns lange Autoketten bilden. Trotzdem kommen wir voran, weil es, glaubt man einigen Wand-Tattoos im Baumarkt, ja schließlich im Leben immer so sein muss.

Nach der letzten Brücke, wenn der See schon zu sehen ist, macht sich bei uns eine magische Stimmung breit. Manchmal sehen wir einen Schwarm Vögel durch die Scheiben und, wenn wir Glück haben, sogar Kühe am Rand der Straße. Als Stadt-Eltern lenken wir natürlich sofort die Aufmerksamkeit auf alles, was nach einer Doku von David Attenborough aussieht, und animieren den Sohn lauthals, schnell zu gucken. Kurz vor dem Campingplatz dann dieses besondere Gefühl, das Kribbeln im Bauch, das man hat, wenn man die Party im Treppenhaus schon hören kann, aber die Wohnungstür noch nicht erreicht hat. Eine angenehme Vorfreude, die jeden Streit über die korrigierte Zeitangabe auf dem Navi vergessen lässt. Zwar bin ich diejenige, die das hier unbedingt wollte, aber ich glaube, Bruno ist heimlich auch ein klitzekleines bisschen verknallt in uns als Camper. Und wenn der Sohn vor Freude aufgeregt hin und her springt, sind wir glücklicher als der gesamte Rest der Welt.

Seitdem wir den Pachtvertrag unterschrieben haben, fragen mich viele Freunde und Bekannte, wie es denn so auf unserem Campingplatz sei. Gewöhnungsbedürftig, sage ich dann. Wie in einem Miethaus, nur dass wir alle auf einer Ebene und ohne Wände leben.

Gleich am Eingangstor befindet sich der Parkplatz. Ein kleines Gebäude, das früher mal der Kreisbahn als Bahnhof diente und in dem jetzt die Duschen und Toilettenkabinen untergebracht sind. Vieles scheint ganz neu und ungewohnt, aber zum Glück hat man ja Erfahrung mit Duschen, wenigstens das. Deswegen geht es beim ersten Mal ganz leicht: Kulturbeutelchen unter die Achsel geklemmt, ein langes Handtuch über die Schulter geworfen und auf keinen Fall die Latschen ausziehen. Auf dem Weg zum Bahnhof nicke ich dann entspannt den Campern zu. Huhu, ich geh jetzt duschen.

Die Parzellen sind unterschiedlich groß. Vorne lebt man etwas enger zusammen, während sich hinten die Grünflächen mit den Wohnwagen darauf aberwitzig großzügig verteilen.

Über viele Wohnwagen sind schmale Dächer gebaut, die sich eigenartig biegen und aussehen wie Matratzen, die auf vier Säulen liegen. Zäune gibt es keine, nur hier und da mal eine niedrige Hecke, was natürlich dazu einlädt, immer am Geschehen auf den anderen Parzellen teilzunehmen. Von meinem Gartenstuhl aus kann ich Katja und Walter sehen, wenn sie gemütlich in ihrer Hollywood-Schaukel den Morgenkaffee trinken. Günther beobachte ich manchmal dabei, wie er mit einer Zigarette im Mund sein Fahrrad aus dem Schuppen holt. Und Ralf stutzt gelegentlich zufrieden seine Sträucher. Trotz aller Widersprüchlichkeit zu meinem Leben in Neukölln gefällt mir diese Nähe. Bruno ist sich da unsicher. Er versteht das Konzept »Nachbarn gucken« noch nicht. Aber ich fühle, wir gehören genau hier hin.

***

Als ich zum ersten Mal aussprach, ich möchte noch ein zweites Kind haben, war ich mir meiner Sache ziemlich sicher. So wie bei der Ahnung, der Wunsch ist eher meiner. Ich glaubte, Bruno sei noch nicht bereit, und traute mich zu diesem Zeitpunkt noch nicht zu fragen, ob er es denn jemals sein würde. Mir ist ständig, als würde unter der Oberfläche seiner Haut noch ein ganz anderes Leben pochen. Die Dynamik zwischen mir und Bruno ist immer dieselbe. Bruno ist gut darin, Dinge nicht zu wollen, und je stärker er etwas nicht will, umso mehr muss ich dafür sein. Also trotzwiderspreche ich, wo ich nur kann. Zweifel machen jede Verhandlung schwieriger, deswegen wollte ich meine Argumente wie Messer schärfen, um jeden Kontrapunkt von ihm aufzustechen. Wobei ich mir nicht sicher bin, ob man von Messern und Aufstechen reden sollte, wenn es um ein Gespräch zwischen zwei Menschen geht, die sich ja eigentlich lieb haben. Und schon gar nicht, wenn aus den beiden Menschen dann noch ein weiterer Mensch hervorgehen soll.

Bevor ich die richtige Gelegenheit für dieses Gespräch fand, hatte ich unendlich viele YouTube-Videos mit Müttern gesehen, die in ihren Wohnzimmern, mit der Beleuchtung eines Pornofilms, ihre dritten und vierten Babys aus sich herausschrien. Ich kam gerade mit dem Sohn vom Spielplatz, den wir schnell verlassen hatten, weil ich ihm ein Eis in Aussicht gestellt hatte. Zu Hause trafen wir auf Bruno. Er lief im Wohnzimmer ein wenig unruhig umher, sein Blick versprach ein Abendessen ohne ihn.

»Ich muss noch mal raus, was kontrollieren, okay?«

Der Sohn sprang ihm freudig an die Beine.

»Möchtest du mir sagen, worum genau es geht?«

»Nee, lieber nicht«, murmelte er.

Bruno kriegt alles kaputtgedacht, was ein eigenartiges Merkmal seiner Persönlichkeit ist. Er ging durch die Wohnungstür, um was auch immer zu machen, und ich parkte den Sohn mit seinem Eis vor dem »Dinozug«. Wann Bruno zurückkommen würde, war schwer zu sagen, meiner Erfahrung nach war Warten aber keine sinnvolle Option. Ich lief ins Schlafzimmer, was eigentlich ein okayer Ort in unserer Wohnung ist, nicht nur um zu schlafen, sondern auch um beliebig oft am Tag was Wichtiges zu denken. Ich ziehe, was das angeht, das Schlafzimmer dem Badezimmer übrigens vor, weil mir die netten Fotos an der Wand ein positives Gefühl geben: die Geburtskarte vom Sohn, Bruno und ich Arm in Arm bei einer Feier, dann noch ein Bild von einem Hasen und Audrey Hepburn zusammen mit einem Rehkitz. Anders als die ollen Fliesen im Bad mit einem Fön am Haken und einer Waschmaschine, die mich unnötig daran erinnert, sie endlich mal wieder zu benutzen.

Ich nahm mir ein dickes Kissen vom Bett, das mit seinen tollen Ikea-Kissen in unterschiedlichen Größen, mal die fluffigen mit Daunen, mal die flachen mit Federn, einiges an Auswahl zu bieten hatte. Ich schob mir das Modell siebter Monat unter mein T-Shirt, was ich das letzte Mal mit 25 oder so getan hatte. Vorm Spiegel betrachtete ich die Rundung von allen Seiten. Angestrengt versuchte ich mich daran zu erinnern, wie es sich angefühlt hatte, schwanger zu sein.

Oft kann ich Erinnerungen zu mir heranziehen, indem ich an Musik denke, die ich gehört, oder Bücher, die ich gelesen habe. Filme ebenfalls. Und Gerüche und Gefühle helfen mir. Es ist eine Leine der Erinnerung in meinem Kopf. Eins der Bücher, die ich während der Schwangerschaft gelesen habe, war *Altes Land* von Dörte Hansen. An einem meiner Termine für den Ultraschall las ich es im Wartezimmer. Kurz darauf begrüßte mich Dr. L. im Untersuchungsraum, gewohnt lächelnd und herzlich, was jetzt nicht so schlecht für einen Beruf wie ihren ist, der ja bedeutet, untenrum alles zu kontrollieren, wo eigentlich niemand kontrolliert werden möchte, sondern hauptsächlich Spaß haben will. Ich hielt das Buch noch in der Hand, als mir Dr. L. ihre entgegenstreckte. Dr. L. merkte überrascht an, sie würde auch gerade *Altes Land* lesen, was ein ganz hübscher Zufall war. Wir sprachen dann über das Buch, das allgemeine Befinden und ob wir vielleicht heute das Geschlecht des Babys sehen würden. Plötzlich war ich ganz aufgeregt. Beim letzten Mal hatte das Baby ungünstig für eine Geschlechtsenthüllung gelegen. Ansprüche an das Geschlecht hatte ich tatsächlich keine, aber ich wollte es gern wissen, damit ich anfangen konnte, mir das Kind vorzustellen. Säßen wir eher vor einem Puppenhaus und machten uns die Haare? Oder würde ich in einem Fußballtor stehen und Sachen rufen wie: »Na los, Schatz! Schießen!« Dabei wusste ich genau, solche Aktivitäten hängen gar nicht vom Geschlecht ab; ich war definitiv eine Tochter gewesen, die die Haare eben kurz wollte und im Tor stand. Kurz darauf sagte Dr. L., ich würde einen Jungen bekommen. In der Bahn schlug ich das Buch wieder auf und machte den Handel mit mir, der erste männliche Name, den ich jetzt entdeckte, würde der Name meines Sohnes sein.

S. 137: »Leons Schneeanzug war dreckig.« Hm.

Vor dem Spiegel erinnere ich die Tritte, die Hämorrhoiden, die Angst, die Vorfreude, die 30 Kilo, die ich bis zum Ende der Schwangerschaft zugenommen hatte. Die Bewegungen waren krass gewesen, unheimlich auf eine Art, weil ständig ein Fuß nach draußen gedrückt hatte, die Beulen und Wellen sahen abgefahren nach einem Gruselfilm aus. Bescheuert auf Hormonen kitzelte ich das Füßchen. Unentwegt wünschte ich mir von Bruno, er würde den Bauch streicheln, vielleicht dem Bauch etwas vorsingen, dem Bauch einfach sagen, wie sehr er sich freute. Und Bruno streichelte und redete mit dem Bauch, und Bruno schwor, er freue sich, was er aber vermutlich für mich und nicht für den Bauch gemacht hat. Wieso und warum das alles mit dem Bauch funktionierte, wie es funktioniert, war mir ein absolutes Rätsel, egal wie lange ich in Schwangerschaftsratgebern blätterte. Wenn ich bei Dr. L. auf dem Untersuchungstisch lag, bewegte sich der Junge ebenfalls, zeigte verlässlich sein Füßchen, und ich fand es erstaunlich, wie Dr. L. nach bestimmt einer Million Bäuche immer noch darüber lächeln konnte. Sie sagte, das, was da so rausgedrückt würde, sei das Knie.

Ich nahm mein Handy und rief Corinna an.

»Corinna, weißt du noch, worüber wir neulich bei unserer Kuchenrunde geredet haben? Ich denke, ich will noch dieses Jahr ein Baby machen.«

»Na Mensch, aufregend!«

Wir sprachen noch ein paar Minuten am Handy weiter, bis eine von uns schließlich sagte, sie müsse jetzt mal schnell zum Kind zurück. Was gelogen war, diese eine war ich, und die musste sich kissenschwanger weiter in Ruhe im Spiegel betrachten.

***

Seit einer Woche steht unser Wohnwagen auf dem Campingplatz. Längst steht fest, was ich alles daran machen möchte: Holzschränke weiß streichen, Laminat verlegen, eine neue Küche einbauen und am Ende so viele Lichterketten reinhängen, als wäre bei uns an jedem Tag Weihnachten. Das bisschen Größenwahn halte ich bei einem derartigen Projekt nur für angebracht. Ich will natürlich alles selbst machen, was eine komplett bescheuerte Idee ist, weil ich ja überhaupt keine Ahnung vom Renovieren habe. Ich weiß, den größten Teil muss ich allein stemmen, weil Bruno a) nicht der Typ dafür ist und b) Bruno nicht der Typ dafür sein will. Die Geschwindigkeit, in der ich das alles unbedingt sofort möchte, löst bei Bruno außerdem eher noch Unbehagen aus.

Im Baumarkt hatte ich mich als Erstes, ohne einen Plan zu haben, vor das Regal mit den Lackeimern gestellt. Ich nahm allerdings erleichtert zur Kenntnis, dass nicht nur ich allein bescheuert war, denn jemand fand, es müsse mehrere Weißtöne zur Auswahl geben. Weiß war nicht einfach weiß, sondern Reinweiß, Altweiß oder Arcticweiß, wahlweise matt oder seiden. Ich griff zweimal nach Reinweiß. Einfach so.

Gegen elf komme ich auf dem Campingplatz an. Zwischen 13 Uhr und 15 Uhr ist es verboten, mit dem Auto das Gelände zu befahren. 30 Minuten Auspackzeit sind erlaubt, dann muss das Auto auf dem Parkplatz stehen. Jetzt stehe ich mit meinen reinweißen Eimerchen und drei Rollen wie eine waschechte Malermeisterin mit einem Cappy auf dem Kopf im Wohnwagen, bereit für den ersten Schritt meines *Makeovers*. Was sich schnell als aufwendig herausstellt. Manche nehmen sich ja besonders viel Zeit dafür, vorher alles mit Folie auszulegen, aber mich macht so Fingerspitzenarbeit mit dem Tape-Band wahnsinnig, besonders bei einer so verwinkelten Geschichte wie einem Wohnwagen. Ein paar Streich-Kollegen, so richtig schlimme Perfektionisten, schrauben sogar die Türen von den Schränken ab, damit die Arbeit »sauberer« wird. Aber das ist noch weniger mein Fall als Folie und Tape-Band zusammen. Bruno findet allein den Aufwand des Streichens schon völlig hirnrissig, man könne es ja auch einfach alles so lassen. Putzen reiche doch. Aber Bruno hat keine schönen Bilder bei *Pinterest* gesehen, also sagte ich, lass mich mal machen.

Erst mal fange ich an, mit einem Spachtel die alten Klebereste von den Schranktüren abzukratzen. Dann öffne ich den Deckel von der Farbe, rühre einmal drin rum und gehe ans Werk. Am besten fängt man mit einer Seite an und zieht komplett durch, weil die ersten Flächen dann meistens schon trocken sind, wenn man hinten ankommt. Die Schränke wollen nämlich, dass ich dreimal über sie rübergehe. Ich hasse die Schränke deswegen schon nach kurzer Zeit. Das Gute ist, die Schränke halten wenigstens still, wenn ich in einem mordsmäßig hohen Tempo über sie hinwegrolle. Ich muss mich echt konzentrieren, nach der zweiten Schicht die Flächen, auf denen noch die erste Schicht durchschimmert, nicht zu übersehen.

Plötzlich fallen mir zwei feuchte Stellen über den Fenstern auf. Ich mache aber, was jeder kluge Mensch, der schnell zum Thema Deko kommen möchte, machen würde: Ich streiche einfach drüber. Dreimal, selbstverständlich.

Schicht für Schicht erstrahlt das Wohnwageninnere in einem hellen, hashtagfreundlichen Reinweiß, als wäre es schon immer seine Bestimmung gewesen. Als könnte mein Wohnwagen fortan für reinweißen Lack überall auf der Welt Werbung machen. Ich bin glücklich. Und erschöpft. Brunos »erst mal« will mir bei der ganzen Streicherei immer noch nicht aus dem Kopf gehen. Wie können wir nur so unterschiedliche Vorstellungen von einem gemeinsamen Leben haben? Wie können wir nur so gegenteilige Gefühlslagen haben, wenn wir doch zusammen exakt dasselbe erleben? Allmählich fange ich an, über Alternativen nachzudenken. Trennung zum Beispiel. Blöde Sache. Klar gibt es Paare, die sich trennen, wenn die Frage »Kind oder kein Kind?« sie verschiedene Wege einschlagen lässt. Das sind dann aber meistens Paare, die eben noch überhaupt kein Kind haben. Ich riskiere, uns drei zu verlieren, weil ich vier aus uns machen will.

Gerade, als ich bei der letzten Ecke angekommen bin, taucht plötzlich das Gesicht von Schilling, dem Chef vom Campingplatz, vor meinem Fenster auf. Ich hüpfe aus dem Wohnwagen, wobei mir noch vor dem Aufsetzen klar wird, warum er da ist. Mein Auto steht nämlich auf unserer Parzelle. Seit Stunden, um genau zu sein.

»Dit Auto muss hier runter.«

»Ja, ich weiß, Entschuldigung. Ich bin hier eh gleich fertig, dann fahr ich weg.«

»Die Autos dürfen hier nur ne halbe Stunde stehn. Zum Einladen oder Ausladen.«

Natürlich will ich ihm, wie die Neue in der Klasse, signalisieren, dass ich respektvoll mit den Regeln des Platzes umgehe, deswegen greife ich gleich nach meinem Autoschlüssel, der auf dem Tisch neben dem Wohnwagen liegt. Schilling, mit seinem kurzen Pferdeschwanz und der Riesenbrille im Gesicht, kaut Kaugummi.

»Jetzt is es aber auch schon halbdreie. Dit is jenau die Zeit, wo man nicht fahrn darf.«

»Oh.«

»Ja, oh. Wat mach'n wa da jetzt?«

Er ist knapp einen Kopf größer als ich. Schilling stemmt bedeutungsvoll seine Hände in die Hüften und schiebt die Brust nach vorne. Er erwartet offensichtlich von mir eine Lösung für »unser« Dilemma. Ich stehe da wie doof und warte auf eine zündende Idee, um Raum und Zeit für Schilling neu anzuordnen.

»Gibt es denn einen Trick, wie man sich gut an die Zeiten halten kann?« Ein Versuch, mich möglichst unterwürfig zu geben.

»Wie? Man kiekt auf die Uhr!« Joa, zum Beispiel. »Wissen Se. Mir jeht it vor allem darum, dass hier nicht jeder sein Ko-

kolores veranstaltet. Wenn eener sein Auto parkt, parken se alle ihre Autos. Ick hab hier aber keen Autokino, sondern nen Campingplatz. Verstehen Se, wat ick meine?«

In seinem Gesicht zeichnet sich ein kleines Lächeln ab. »Aber ick bin ja ooch keen böser Kerl, ne. Sie könn' hier ausnahmsweise die halbe Stunde noch parken.« Während er das sagt, hebt er seinen Finger in die Luft, und es fällt mir außerordentlich schwer, zustimmend zu nicken. Ich bedanke mich dennoch für seine Nachsicht. Im Hintergrund sehe ich Günther, der die Szene verfolgt hat und heimlich einen Vogel Richtung Schilling zeigt. Meine Laune bessert sich schlagartig, und weil ich nicht noch mehr Anschiss bekommen möchte, erzähle ich Schilling nicht, wie ich vorhin mit Absicht das Eingangstor nach der Durchfahrt offen gelassen habe.

***

Es gibt nichts Bedrohlicheres, als auf der Autobahn im Rückspiegel zu beobachten, wie Autos von hinten ranrasen. Besonders wenn es dunkel ist und Scheinwerfer wie gefährliche Tieraugen aussehen, die immer näher kommen. So wie jetzt. Alle paar Sekunden halte ich die Luft an, weil ich nicht will, dass die Autos mir Druck machen, die Geschwindigkeit zu erhöhen. Andere zahlen einen Haufen Geld, um mit einem Rucksack aus einem Flugzeug zu springen, hängen an Seilen in der Luft, tauchen im Wasser mit Haien, alles nur wegen des Adrenalins. Ich fahre in einem VW Autobahn.

Ständig habe ich diese Horrorszenarien im Kopf, wie ich bei 120 Sachen einen Unfall baue. Das einzig Gute an der Dunkelheit auf der Autobahn ist, man sieht nicht die Bremsspuren, die manchmal direkt in die Leitplanke führen. Ich sehe tagsüber das schwarze Gummimuster der Reifen und flippe innerlich aus. Seitdem ich das Auto habe, google ich permanent, wie man bei einem Autounfall stirbt. Immer wenn ich in den letzten Wochen Leute gefragt habe, was sie glauben, was die genaue Todesursache bei einem Autounfall ist, bekam ich nur ein Schulterzucken. Und die Bitte um ein neues Thema. Dabei muss man doch wissen, was genau einen umbringt, wenn man sich in ein Auto setzt. Zwei Möglichkeiten halte ich für plausibel, auch wenn meine Quellen aus einem merkwürdigen Forum namens gutefrage.net stammen. 1. Genickbruch. 2. Schädel-Hirn-Trauma. Es geht schnell. Die Recherche hat außerdem ergeben: Grace Kelly, James Dean, Albert Camus, Jackson Pollock, Falco, Prinzessin Diana. Alles Autounfälle. Kein Autounfall, aber der Architekt der Sagrada Família, Antoni Gaudí, wurde auf dem Weg zur Arbeit von einer Straßenbahn erfasst. Und weil er keine Papiere bei sich hatte, für einen Star-Architekten offenbar irgendwie zu schrullig angezogen war, zusätzlich von der Straßenbahn staubig gezogen, hielt man ihn für einen Obdachlosen, weshalb er keine Notfallversorgung bekam. Erst Stunden nach dem Unfall brachte man ihn in ein Armenkrankenhaus, in dem er drei Tage lag, bis ein Freund ihn fand und in ein eigenes Zimmer verlegen ließ, wo er schließlich starb.

Neulich ist ein LKW-Fahrer auf den Mittelstreifen gewechselt. Er hat nur ganz kurz vorher geblinkt und ist einfach rübergezogen, obwohl ich schon knapp auf seiner Höhe war. Natürlich habe ich »Arschloch« geschrien. Und seitdem möchte ich mit LKWs auf der Autobahn nichts mehr zu tun haben, die allesamt versuchen wollen, mich umzubringen. Da ich entweder zu oder von unserem Campingplatz ungefähr eine Dreiviertelstunde auf der Autobahn verbringe, sind das die konzentriertesten Minuten des ganzen Tages. Was aber eigentlich Quatsch ist, denn ich habe auch gelesen, die meisten Unfälle passieren gar nicht auf der Autobahn, sondern auf Landstraßen. Wenn Bruno mir also doof kommt, weil ich zu vorsichtig fahre, dann höre ich da gar nicht richtig hin, es gibt schließlich Statistiken. Gehupe muss man aushalten können. Ich will uns sicher von da nach da bringen, aus die Maus. Und ich meide die Dunkelheit dabei eigentlich, aber das Streichen hat viel zu lange gedauert; zum Glück fahre ich allein.

Das Auto klingelt. Auf dem Bildschirm sehe ich ein Foto von Bruno als Vierjährigem. Mein Lieblingsfoto von ihm. Er grinst breit in die Kamera, trägt eine Brille, dahinter die schielenden Augen, er ist unglaublich süß. Ich drücke mit dem Daumen, ohne meinen Blick von der Spur zu richten, einen Knopf am Lenkrad. Das hintere Fenster geht auf. Falscher Knopf, ich versuche einen anderen. »Hey, wann bist du zu Hause?«, fragt Bruno, und im Hintergrund höre ich den Sohn weinen.

»Ich bin kurz vor Berlin«, sage ich.

»Soll ich schon mal was zu essen bestellen?«

Ich sage Ja, obwohl ich im Moment gar nicht einschätzen kann, ob nicht doch irgendwo noch ein Stau wartet. »Sonst noch was?«, frage ich.

»Ja, ich muss später, also wenn du kommst, noch mal was nachgucken gehen. Dauert nicht lange.«

Das Weinen kommt näher, und ich sage in meiner typischen Mama-Tonlage: »Mami kommt gleich nach Hause, Mausi!« Dann höre ich wieder Brunos Stimme, wie er wiederholt: »Siehst du, die Mami kommt gleich.«

»Okay«, sage ich.

»Okay!«, sagt Bruno, und ich weiß nicht, ob er mit mir redet.

»Judith?«

»Ja?«

»Es ist nicht so schlimm. Die Sache, die ich nachschauen muss. Aber wann genau kommst du?«

»Das Navi sagt, in 30 Minuten. Ich muss aber auch noch mit dir reden und was Wichtiges erzählen!«

Jetzt sagt er wieder »Okay!«, und ich warte, bis er auflegt, weil ich nicht weiß, welchen Knopf ich drücken muss.

Es ist noch nicht stockduster, aber dunkel genug, um meine Konzentration auf ein Maximales zu steigern. Die Musik mache ich aus, denn jedes Mal, wenn ein neues Lied kommt, frage ich mich, ob das dann wohl das letzte Lied wäre, das ich hören würde, und ich möchte auf keinen Fall, dass es »Nothing Compares 2 U« ist. Ich kann unmöglich zum welttraurigsten Lied aller Zeiten sterben.

Wirklich sicher bin ich mir nicht, ob meine Angst vor dem Autofahren an dem neuen Auto liegt oder ob ich, mit 33 und ohne Haftpflichtversicherung, langsam am Rad drehe. Lächerlich, wie man nicht so sein will, wie andere es einem prophezeien, dass man mal wird, und dann ist man plötzlich so und wird eine von denen, die prophezeien, wie ein anderer mal wird. Meine Uhr tickt. Ich fühle es. Ich hasse es. Und ich kann rein gar nichts dagegen machen. So fing das mit dem zweiten Kind an.

Auf dem Spielplatz sah ich beeindruckt einer Mutter mit prallem Bauch dabei zu, wie sie genervt ihrem zwei-, vielleicht schon dreijährigen Sohn einen Arm nach oben reichte. Mit der anderen Hand zog sie sich eine Haarsträhne aus dem Mund, während das Kind quicklebendig auf dem Gerüst auf- und absprang. »Ferdi, ich bin müde, wollen wir nicht nach Hause gehen?« Gemessen an dem Umfang ihres Bauches hätte es vom Abendessen aus direkt in den Kreißsaal gehen können. Ich bemühte mich, nicht allzu offensichtlich in ihre Richtung zu blicken, und feuerte zwischendurch den Sohn auf der Rutsche mit »Hui« und »Huuui« an, damit der Eindruck entstand, ich wäre voll und ganz mit meinem eigenen Kind beschäftigt. »Ferdi, ich möchte jetzt wirklich gehen.« So ruhig, wie sie das sagte, mit einem entspannten Gesichtsausdruck noch dazu, war ich mir plötzlich sicher, sie war eine, die Kinder tatsächlich mochte. Vermutlich sogar Babys. Bei mir klang die dritte Bitte schon nach einem bevorstehenden Nervenzusammenbruch. »Also, ich sage es dir jetzt ein letztes Mal. Ich möchte bitte, dass du sofort da runterkommst.« Sie ging ein paar Meter vom Gerüst weg, die Füße fest im Sand, die Hüfte kreisend. Dabei legte sie abwechselnd ihre Hände auf den Bauch. Ich fand diese ganze Szene irre spannend. Ferdi verstand den Code. Auch wenn er vielleicht noch nicht so richtig checkte, was genau da im Bauch seiner Mutter abging, wurde ihm schlagartig klar, es war mächtig. Kinder haben diese wunderbare Eigenschaft, immer dann zu kooperieren, wenn man es am wenigsten von ihnen erwartet. Die Mutter zeigte sich erleichtert. Jetzt schon verstand sie es, ihre Kräfte auf beide Kinder zu verteilen, obwohl das eine noch nicht einmal da war. Ferdi stieg vom Klettergerüst, nahm bereitwillig die Hand seiner Mutter und verließ ohne Heulen den Spielplatz.

Danach hatte ich mir in den Kopf gesetzt, wir müssten dieses zweite Kind machen, bevor der Junge drei wird. Sodass wir noch zusammen auf den Spielplatz gehen könnten, wie die Mutter mit ihrem Ferdi auf dem Gerüst und dem anderen immerhin schon mal im Bauch.

Ich wechsle vom Mittelstreifen rüber auf den linken Streifen und verlangsame mein Tempo. Gleich komme ich auf die Spanische Allee, und dann sind es nur noch zwei Spuren. Ab hier staut es sich gern, deshalb ordne ich mich so früh, wie es nur geht, ein, denn links am Motel Avus muss ich rauf auf die Stadtautobahn. Bei allen wird die Geschwindigkeit deutlich gedrosselt, was mich erleichtert. Ich schaue zur Seite zum Fahrer auf der Spur neben mir. Ich lächle und winke fröhlich, ist doch toll, wie wir es beide bis hierher lebend geschafft haben. Entspannt lege ich meine rechte Hand auf meinem Oberschenkel ab. Dabei fällt mir auf, ich habe mir vor der Abfahrt überhaupt nicht gründlich genug die Hände gewaschen. Das Lenkrad hat Lackspuren wegen meiner schwitzigen Handflächen und sieht aus wie ein Kunstprojekt aus der 1b. Ich ärgere mich und schalte das Radio wieder ein. Juliane Werding, »Stimmen im Wind«, das Album hat meine Mutter rauf und runter gehört. Meine Eltern haben nie irgendwelche Kinderlieder für uns im Auto angemacht, sondern ganz selbstverständlich auf ihre Musik bestanden. Mama Juliane Werding, Papa AC/DC, ich hinten im Auto laut am Mitsingen. Ich nicke ein wenig zur Musik, in 20 Minuten bin ich zu Hause, und dann werde ich es Bruno sagen.

Die Parkplatzsuche ist schnell erledigt, schneller als sonst, was sich wie gewonnene Lebenszeit anfühlt. Ich habe nämlich außerdem noch gelesen, man sucht durchschnittlich 41 Stunden pro Jahr nach einem Parkplatz. Ich schätze, ich bin noch rechtzeitig vor dem Essen da, und öffne die Tür, wie man eine Tür nach einem anstrengenden Tag öffnet. Ich warte, ob mein Sohn mir in die Arme springt, was ich früher als Kind bei meinem Vater immer gemacht habe. Der Sohn schaut aber gerade

Fernsehen, höre ich, und es könnte ihm nicht egaler sein, dass ich wieder da bin. »Er hat so geweint, da habe ich ihm *Peppa Wutz* angemacht.« Wenigstens begrüßt mich einer an der Tür, auch wenn Bruno da scheinbar gerade nur zufällig steht und seinen Schlüssel in die Hosentasche steckt. »Das Essen kommt gleich«, sagt Bruno.

»Ich will eine Samenspende!« Vielleicht hätte ich mir vorher doch einen Gesprächsplan überlegen sollen. Zum Beispiel nach dem Essen mit so etwas zu kommen. Nach dem Essen! Vielleicht überzeugt aber mein Überraschungsmoment. *Vielleicht* habe ich, glaube ich, vergessen zu sagen. Deswegen schiebe ich noch ganz kleinlaut hinterher: »Vielleicht.«

»Okay, aber ich habe Chinesisch bestellt.«

»Und schon nimmst du mich nicht ernst.«

Sein Blick ist eine Mischung aus Entsetzen und Langeweile, und ich ärgere mich, weil ich sein Gesicht nach über drei Jahren immer noch nicht richtig lesen kann.

»Wie soll ich denn jetzt reagieren? Der Junge hat die ganze Zeit geweint, ich habe mich um das Essen gekümmert, muss aber eigentlich was kontrollieren. Ich weiß nicht mal, was du meinst.«

Recht hat er.

»Ich habe beim Streichen ganz intensiv darüber nachgedacht«, sage ich. Intensiv ist super, das zeugt doch von Selbstbewusstsein. Ich sage weiter: »Du willst kein Kind mehr, ich aber schon. Ich könnte mir Eier entnehmen lassen und dann ein Kind alleine bekommen von einem anonymen Samenspender.«

»Wow, vier Stunden weißer Lack und du kommst auf Sperma.«

»Wirklich, du musst nichts machen. Also, es wäre schon cool, wenn wir zu viert am Tisch sitzen und du dann das Kind nicht ignorierst oder so was, aber ich könnte wirklich alles alleine machen.«

Es klingelt an der Tür.

»Da kommt das Essen. Man, Judith, ich wollte noch schnell raus.«

Mein Zeitpunkt war beschissen, das sehe ich ein, aber ich bin nicht für perfekte Zeitpunkte bei Krisengesprächen gemacht. Bruno geht zur Tür. Für so einen Fall haben wir den Neurosenjoker. Den kann Bruno jederzeit ziehen. Er muss sich dann um nichts mehr kümmern. Gestritten werden darf nicht. Stress füttert den Zwangsgedanken noch zusätzlich, also versuchen wir, möglichst viel Ruhe reinzubringen.

Es ist ein dunkler Ort, an den Bruno geht, und ein paarmal habe ich ihn dorthin schon ein Stück begleitet. Aber es ist besser, wenn ich weg bleibe und ab und zu laut rufe, damit er weiß, wo er später wieder hin zurückmuss. Ich übernehme an schweren Tagen die meisten Alltagsaufgaben. Eigentlich alle. Wenn Bruno etwas findet, was potenziell zu einer Gefahr werden kann, denkt er sich alle möglichen Szenarien aus, die eintreten könnten, wenn er nichts unternimmt. Dabei ist alles an ihm verzweifelt, wütend, dünnhäutig, ist verängstigt und auf eine gewisse Weise hoffnungslos. Kein Halt mehr, außer er findet einen Weg, seine Zwangsgedanken zu beseitigen. Bruno sagt, der Unterschied zu meinen Ängsten ist, dass er es im Prinzip sein lassen könnte, etliche Male einen Stromkasten an der Straße zu untersuchen. Aber er kann es nicht. Dieses Nicht-einfach-sein-Lassen bestimmt sein ganzes Leben. Wenn es richtig schlimm wird, nimmt Bruno eine Beruhigungstablette, und dann ist sowieso Ende im Gelände. Noch so eine Absprache zwischen uns ist, er muss mir immer sagen, wenn er eine nimmt, auch wenn es nur eine halbe ist. Die Tablette nimmt ihm die Angst und macht seinen Körper weich. Gut, wenn man Angst hat, aber ganz schlecht, wenn man zum Beispiel Freunde zum Essen eingeladen hat und wir dann später streiten, weil nichts von ihm zu dem Tischgespräch beigetragen wurde. Es schadet meinem Selbstvertrauen als Gastgeberin. Ich denke, es könnte an mir liegen, was mich wiederum wahnsinnig macht, also ist es besser, er sagt es mir, bevor die Besucher kommen.

Entscheiden über Samenspende ist heute nicht mehr drin. Sicher wird Bruno in der Therapie darüber reden wollen, wobei ich nur raten kann, weil er mir nie sagt, worüber er mit seinem Therapeuten spricht. Ich sage Bruno oft, er soll beim Therapeuten ein gutes Wort für mich einlegen. Dann grinst er. Dann grinse ich. Dann geht er zur Tür hinaus, und ich hoffe, er tut es wirklich.

Das Essen, verknotet in einer orangenen Plastiktüte, steht auf dem Tisch. Bruno ist draußen, und ich lege mich zu dem Sohn auf die Couch, der mir ein Stück von seiner Decke abgibt. Mit meiner lackverschmierten Hand streiche ich ihm über sein Gesicht. Als Nächstes schlafe ich ein.

**

Heute bin ich noch mal allein. Ich stoppe das Auto vor dem Tor und öffne die Flügel. Im Schritttempo geht es runter zu unserer Parzelle. Freundlich winke ich jedem Nachbarn zu, der zufällig am Kiesweg steht. Meine Nachbarin zwei Parzellen neben uns schrubbt an ihrem Wohnwagen, aber unterbricht sofort ihre Arbeit. Als sei es Pflicht unter Campern, sich ordentlich zu begrüßen. Ich lasse das Fenster runter und sage: »Mensch, bist ja schon fleißig!« Wieder knapp in der Zeit, kurz vor der Mittagsruhe, winke ich besonders enthusiastisch in die andere Richtung, in der Hoffnung, mein Lächeln würde von der Uhrzeit ablenken. Auf meinem Rücksitz liegen noch Malerzeug und ein erschöpfter Rosenstrauch, den ich gleich einpflanzen werde. Rosen sind mir wichtig, deswegen sollen sie das erste Pflanzending sein, was auf unserer Parzelle hübsch aussieht. Dabei fällt mir wieder die Geschichte mit den Blumen im Loch ein, als ich mich selbst zur Gärtnerin und Idiotin des Paul-Linke-Ufers erklärte.

Bruno hatte Anfang 2017 ein Loch auf einem Gehweg entdeckt. Das war ein paar Wochen, bevor ich schwanger wurde. Dieses Loch hat ihn buchstäblich in den Wahnsinn getrieben. Warum genau wusste ich eigentlich gar nicht, nur, dass es irgendwie eine Gefahr für Radfahrer darstellte und das in Brunos Kopf Grund genug war, an nichts anderes mehr zu denken. Bruno wollte eine langfristige Lösung für das Loch finden. Und während sich sein Kopf immer mehr im Loch verlor, rückte gleichzeitig der Termin für seine jährliche Ski-Reise näher. Er stieg völlig fertig in den Zug, und ich versprach ihm, ich würde auf das Loch aufpassen. Um es zu bekämpfen, wenigstens zeitweise, beschloss ich, für Bruno ein paar Blumen darin zu pflanzen. War doch genial. Erstens würde ich das Loch damit schließen, und zweitens standen Blumen ja wohl in erster Linie für richtig positive Sachen: Licht, Wachstum, Hoffnung und all das. Leider wollte mich der Geldautomat bei meinem romantischen Vorhaben nicht unterstützen und verweigerte mir frech jeden Geldschein. Also marschierte ich mit dem letzten Bargeld, das ich noch hatte, zum Blumenladen und kaufte drei billige Topfpflanzen. Meine Armut kotzte mich zu diesem Zeitpunkt so derart an, selbst die freundliche Blumenverkäuferin konnte mir beim Verlassen des Ladens kein Lächeln entlocken. Nicht mal für ein paar ordentliche Pflanzen reichte mein Geld.

Ich fuhr also zum Paul-Linke-Ufer, zusammen mit meinen in eine blaue Plastiktüte eingewickelten Billigpflanzen und einer Wasserflasche. An der Stelle, die Bruno mir beschrieben hatte, angekommen kniete ich mich in den Dreck und grub das Loch mit einem Löffel aus. Was Besseres war mir nicht eingefallen. Am besten wäre es wohl gewesen, ich hätte mein Gesicht in das Loch gedrückt und einmal ordentlich reingeschrien. Wenigstens hatte ich Glück: Es gab nämlich genug andere Verrückte am Kanal. Meine Aktion, Blumen auf einem öffentlichen Gehweg zu pflanzen, fiel nicht weiter auf. Ein Kerl neben mir führte Selbstgespräche, und auf der nächsten Bank stritt ein Paar lauthals miteinander. Fahrradfahrer fuhren gleichgültig an mir vorbei, und der Gehweg spritzte mir in die Augen. Natürlich kam ich mir lächerlich vor, sogar irgendwie selbst verrückt, aber auf die bestmögliche Weise. Mein Leben hatte was von einer RomCom. Eine klassische »Boy Meets Girl«-Geschichte. Der *Boy* ist psychisch krank, und das *Girl* kniet im Dreck und löffelt für ihn einen öffentlichen Gehweg aus. Hatte was. Ein bisschen gefiel mir die Absurdität dieser Umstände, ich hoffte aber trotzdem, niemanden zu treffen, den ich kannte. Nicht wegen des Lochs, sondern wegen kein Geld. Wenn man kein Geld in der Tasche hat, kommt man sich so wahnsinnig jämmerlich vor, da ist es eigentlich fast schon egal, ob man Erde auslöffelt oder einfach nur auf einer Bank am Kanal sitzt. Die Jämmerlichkeit stand mir ins Gesicht geschrieben, ich wusste es genau.

Es dauerte dann keine zwei Minuten, bis sie sich jemand Bekanntem präsentierte, weil dieses dämliche Loch ja nicht irgendwo in Köpenick ein Loch sein konnte, sondern unbedingt am hippsten Streifen von ganz Berlin. Eine flüchtige Bekannte in Begleitung eines Typen stoppte vor mir und dem Loch. Ich begrüßte sie überrascht. Mir fiel sofort auf, ihre Begleitung sah aus wie Felix Kummer und sah mich mindestens genauso verwirrt an wie sie. Der Typ, der aussah wie Felix Kummer, empfahl mir, die Blumen doch nicht so nah am Gehweg zu pflanzen, damit sie nicht kaputtgingen, und zeigte auf eine andere Stelle unten am Ufer des Kanals. *Da ist aber kein Loch, okay, Felix Kummer. Kein Loch!* Und während ich das Felix Kummer sehr viel höflicher zu erklären versuchte, dachte ich: *Wow, der Typ sieht ja wirklich aus wie Felix Kummer.* Ich hätte ihnen natürlich gern erklärt, ich sei nicht verrückt, auch wenn es verrückt aussah, was ich da tat, aber hätte ich erst einmal damit angefangen, wäre es am Ende noch verrückter gewesen, sie davon zu überzeugen, ich sei nicht verrückt. Zum Glück gingen sie schnell weiter, bevor ich noch so Sachen schreien konnte wie: »ICH BIN JÄMMERLICH, ABER NICHT VERRÜCKT!«

Ich kippte das Wasser auf meine Blumen und rauchte zufrieden eine Zigarette. Ich war ganz schön stolz. So schlecht sahen meine Billigpflanzen eigentlich nicht aus. Peinlich war mir diese Aktion trotzdem immer noch. Ich machte ein Foto und schickte es Bruno. Vom Loch, das jetzt kein Loch mehr war, sondern ein wunderschöner Garten. Dadrunter meine Würde, aber das habe ich Bruno selbstverständlich nicht dazugeschrieben. Heute finde ich diese ganze Geschichte eigentlich nicht mehr peinlich. Zwischen all dem Dreck und den Spaziergängern begriff ich zum ersten Mal, wie verliebt ich eigentlich in Bruno war. Und ich halte Verliebtsein für absolut sinnvoll.

Die Rosen pflanze ich neben den Wohnwagen ein. Meine Nachbarin, die eben noch ihren Wohnwagen geschrubbt hat, kommt dazu und fragt, ob ich wisse, wie der Wasserverbrauch hier gezählt wird. Sie und ihre Frau sind ebenfalls neu auf dem Campingplatz. »Ich glaube, das Wasser wird für alle gleich abgerechnet«, antworte ich ihr. Im nächsten Moment schauen wir uns beide die Rosen an. Sie sagt: »Rosenstämme müssen zeitlebens geschützt werden.« Und erklärt mir, sie habe noch ein paar Stöcker für das Pflanzenloch übrig, die ich gerne nehmen könne, um die Stämme daran festzubinden. Ihr Angebot fühlt sich so großzügig an, als würde mir gerade jemand an einer Bushaltestelle ein Glas Prosecco anbieten. Was ich alles nicht weiß, schafft mich. Meine Nachbarin lacht und sagt: »Du wirst sehen. Am Ende der Saison bist du Profi in den absonderlichsten Dingen.«

JULI

Die erste Nacht in unserem Wohnwagen. Ich habe entschieden, die Sache mit der Samenspende noch nicht gänzlich aufzugeben, aber Bruno erst einmal damit in Ruhe zu lassen. Wir haben es in den letzten Wochen an kaum einem Tag hinbekommen, nicht aneinanderzugeraten, und ich möchte auf keinen Fall gleich in unserer ersten gemeinsamen Nacht auf dem Campingplatz vor Katja und Walter zanken. Katja und Walter sind das genaue Gegenteil von uns. Zusammen, seitdem sie 18 sind, drei Kinder und jede Menge Zukunftspläne. Ich glaube nicht, sie wollten sich jemals wegen einer Wurstscheibe, die nicht zurück in den Kühlschrank gelegt wurde, trennen. Es ist ganz und gar erstaunlich, zu beobachten, wie umsichtig sie miteinander umgehen und sich selbst dann noch kleine Küsse geben, wenn sie glauben, keiner guckt. Sie haben sich in der Uni kennengelernt und keinen einzigen Tag seitdem nicht miteinander verbracht.

Letzteres, muss man mal sagen, ist eine Gemeinsamkeit zwischen uns Paaren. In dem Kreuzberger Büro saßen wir beide an Tischen nicht weit voneinander entfernt. Blicke wurden geworfen, hier und da ein Lächeln, eine kleine Zigarettenpause am Lastenfahrstuhl, versteckt um eine Ecke. Bruno arbeitete damals als freier Werbetexter, ich für ein Praktikantengehalt drei Tage die Woche bei einem Online-Magazin. Bruno und ich hatten unser erstes Date dann klassisch in einer Bar, nicht weit von unserem Büro. Wir hatten vereinbart, wir würden uns gegenseitig schräge Geheimnisse über uns verraten. Bruno trank Bier, ich Gin Tonic. Ich erzählte ihm, meine Lieblingsbrust sei die rechte und dass ich sie beim Fernsehgucken gerne festhielte. Ich fand das sexy. Er hat dann gesagt, er sei nicht richtig im Kopf. Da konnte meine rechte Brust wirklich nicht mithalten. Zwangsstörungen, aha. Er sei deswegen schon mal in der Klapse gewesen, fügte er hinzu, und plötzlich war er derjenige, der sexy war. Beziehungen könne er ganz sicher nicht, warnte er mich. Beiläufig erwähnte er dann noch, er hätte immer Baked Beans zu Hause. Die von Heinz, ich habe extra nachgefragt. Also, wer hätte sich da bitte nicht drauf eingelassen? Ich jedenfalls fand es toll, ein romantisches Abenteuer einzugehen, das tragisch enden konnte. Ich hätte mir sogar vorstellen können, Bruno jederzeit in der Klapse zu besuchen, falls er da wieder hin müsste. Klapse heißt ja korrekt psychiatrische Anstalt, aber weil Bruno immer Klapse sagt, schließe ich mich an. Ich glaube, ich kenne niemand anderen, der Dinge so klar benennt wie Bruno. Und ich möchte mich möglichst auf Augenhöhe mit ihm befinden, deswegen sage ich auch Klapse.

Als wir etwa einen Monat zusammen waren, was wir aber noch nicht offiziell Zusammensein nannten, gab es diesen besonderen Moment zwischen uns. Ich sagte: »Klopstock!«

»Was?«

»Klopstock!«

»Ich habe überhaupt keine Ahnung, was du mir gerade sagen möchtest.«

»Klopstock. Und es gibt nur eine richtige Antwort auf Klopstock!«

»Aha.«

»Klopstock! Du musst es einfach nur wissen und aussprechen!«

»Wie soll ich denn einfach was wissen?«

»Wenn du die richtige Antwort findest, wissen wir, dass das mit uns was sein könnte. Es ist ein Rätsel.«

»Und muss ich die Antwort für dein Rätsel jetzt finden? Wir wollen doch den Film starten.«

»Du bist blöd! Ich verrate es dir, aber vielleicht ist dann morgen Schluss mit uns beiden.«

»Versprochen?«

»Ach, du bist wirklich, wirklich blöd! Du musst auch Klopstock sagen. Klopstock ist eine Stelle aus Goethes Werther. Klopstock ist ihr gemeinsamer Lieblingsdichter, und dann wissen Lotte und Werther, na ja ... dann wissen sie eben, sie gehören zueinander.«

»Netflix.«

»Du zerstörst gerade einen romantischen Moment!«

»Netflix!«

»Gleich!«

»Netflix. Und noch mal sage ich es nicht!«

»Ach, so meinst du das. Dann sage ich eben Netflix.«

»Genau, Netflix. Können wir jetzt endlich den Film sehen?«

»Du bist süß manchmal!«

»Ja, ja. Sag mal, hat sie sich am Ende nicht für den Typen mit dem festen Job entschieden, woraufhin der Werther sich dann das Hirn weggepustet hat?«

»Pssst, stör nicht. Der Film läuft!«

Seit zwei Jahren arbeiten wir nicht mehr in dem Büro, in dem wir uns kennengelernt haben, sondern von zu Hause aus. Wir trennen uns am Tag vielleicht nur so vier oder fünf Stunden, was das Zusammenleben nicht immer sehr aufregend macht. Bruno und ich haben ein Streitproblem. Wir können es einfach nicht. Ich bin unfähig, sachlich auf seine Sachlichkeit einzugehen, und er noch unfähiger, emotional auf meine Emotionalität zu reagieren, was schnell dazu führt, dass wir von Zimmer zu Zimmer brüllen. Wir sind ein Traumpaar für jeden Therapeuten. Katja und Walter haben solche Probleme nicht, glaube ich, wie gesagt. Sie kochen viel mit Gemüse. Wenn sie Probleme haben, müssen sie die jedenfalls richtig gut verstecken. In Bruno lebt die Angst, er müsse irgendwann mal wieder in die Klapse zurück, deswegen sind Langzeitpläne wie Kinder oder Umziehen oder einen Wohnwagen kaufen eher schwierig. Wer soll das Leben draußen bezahlen, wenn man drinnen in der Klapse sitzt und versucht, nicht noch verrückter zu werden?

Trotzdem haben wir ein Kind bekommen und laden nun Koffer aus einem Auto, das vor einem Wohnwagen steht. Da fällt mir ein, allein dass wir mit Rollkoffern hier antanzen, sollte uns eigentlich am meisten zu denken geben. Noch wissen wir nicht, ob Camping wirklich unser Ding ist. Gemeinschaftsdusche, Wasserkocher, Gartenstühle, Mückenspray, Geschirr mit den Händen abwaschen. Immerhin, das Wetter will uns helfen, eine Entscheidung zu treffen. Sonne satt, vielen Dank!

»Wenn alles ausgeladen ist, fahre ich noch mal in den Baumarkt«, erkläre ich. Bruno nickt und antwortet, er würde in der Zeit mit dem Sohn runter zum See gehen. Der schiebt gerade zufrieden einen riesigen Plastiklaster über diese Wiese. Katja und Walter sind schon da. Natürlich, denke ich. Bruno hasst es, wenn ich sie mit uns vergleiche. Dabei geht es mir nicht darum, rauszufinden, wer besser oder schlechter ist. Ich mache nur Feststellungen mit ganz leichter Tendenz zum Neid, die eigentlich unauffällig ist, und ich weiß wirklich nicht, was daran falsch sein sollte. Neid bedeutet doch nicht, dass man jemandem etwas nicht gönnt. Es gibt nicht viele Menschen, die ich beneide, aber bei denen ich es tue, ist es aufrichtig.

Bruno ist sowieso ganz eindeutig der Mann, den ich liebe. Auch wenn er extra einen Löffel für die Marmelade nimmt statt einfach das Brotmesser. Genau genommen gibt es für alles einen eigenen Löffel. Für die Marmelade, für den Senf, sogar für den Fleischsalat. Wenn man das Messer abgeleckt hat, darf man damit nicht mehr in die Butter. Das ist kein Zwang. Das habe ich erst vermutet, aber dann waren wir zum ersten Mal bei seiner Mutter in Westdeutschland zu Besuch, und da gab es auch überall Löffel. Ich verbuchte es als kulturellen Unterschied zwischen unserer neu geschlossenen Ost-West-Koalition. Sollte ich jemals wieder Single sein, werde ich in mein Datingprofil schreiben: *Nimmt für Marmelade das Messer. Ist außerdem Team Alles-in-den-Geschirrspüler.*

Ich öffne die Tür vom Wohnwagen. Bruno hat den neuen Anstrich noch nicht gesehen, also bin ich gespannt wie ein Flitzbogen, wie er meine Arbeit findet. Und tatsächlich ist Bruno begeistert. Seitdem wir den Wohnwagen haben, versuche ich schwierige Stellen, die mir beim Kauf hätten auffallen müssen, vor Bruno zu verheimlichen. Aber um die Feuchtigkeit komme ich nicht so einfach herum. »Guck mal«, sage ich, ganz unschuldig natürlich. Dabei blinzle ich so lange mit den Augen, wenn ich das noch weitermache, bekommen meine Wimpern bestimmt Muskeln. »Hier habe ich beim Streichen eine feuchte Stelle entdeckt.« Ich zeige auf die Stelle, als würde ich gerade ein Geständnis ablegen, wie der Typ aus der Serie neulich, der den Polizisten zeigt, wo er die Leiche versteckt hat. Mittlerweile ist das Feuchte mit dem Lack getrocknet und leicht gewellt.

»Hm, na vielleicht ist es nicht so schlimm«, sagt Bruno.

»Keine Ahnung, aber ich glaube, das kommt von der Tür. Die müssen wir noch irgendwie dicht bekommen.«

Bruno schaut prüfend die Tür an, und ich werde ganz nervös, weil ich Angst habe, er könnte gleich etwas sehen, was eine Neurose anspringen und uns im nächsten Moment die Tür rausreißen lässt. Ich sage: »Gott, ich habe wirklich einen Schrotthaufen gekauft.«

Ich setze mich ins Auto und fahre zum Baumarkt. Was ich an Baumärkten so liebe, ist vor allem die riesige Auswahl an Parkplätzen davor. Man hat einfach null Stress mit anderen Autos. Der Schlüssel steckt noch in der Zündung, da bekomme ich eine WhatsApp-Nachricht. Ein Foto von Corinna. »Der kleine Bruder ist da!« Ein Konfetti-Emoji sowie Angaben über Gewicht, Größe und Uhrzeit stehen auf der virtuellen Geburtskarte. Ich habe mir geschworen, nicht traurig zu werden, wenn eine meiner Freundinnen noch ein Kind bekommt. Damals hatten Corinna und ich die Idee, wieder gleichzeitig schwanger zu werden. Kurz nach meinem Anruf mit dem Kissen unterm T-Shirt. Wir wollten uns ein Foto von einer Babyziege im Pyjama schicken als Code für: Wir legen jetzt los. Ich schreibe: »Oh, wie wundervoll! Ich freue mich sehr für euch! Herzlich willkommen auf der Welt!« Ich meine es so, aber mein verzerrtes Gesicht muss sie zum Glück dabei nicht sehen. Dann ziehe ich den Schlüssel raus, schnalle mich ab und laufe rüber zum Eingang. Bruno schreibt mir ebenfalls eine Nachricht: »Regnet gleich.« Ich gucke kontrollierend hoch zum Himmel, sehe viel blau, vereinzelt ein paar Wolken, dabei bin ich eigentlich nur zehn Autominuten vom Campingplatz entfernt. Ich laufe wie immer ratlos durch die Gänge des Baumarkts, diesmal auf der Suche nach einer Mülltonne. Mir gehen die Plastiktüten, die wir in den Baum hängen, allmählich auf die Nerven, deswegen will ich sie endlich irgendwo reinstopfen. Jedes Mal genieße ich das Gefühl, wieder etwas Neues für den Campingplatz besorgt zu haben, was sich langsam zu einer kleinen Sucht entwickelt. Mein Handy ist voll mit »Noch zu besorgen«-Zeug:

- Wasserschlauch
- Rasenmäher (manuell!)
- Bollerwagen
- Liegestuhl
- Tritthocker
- Windlichter
- Mülleimer

Alles auf einmal ist zu teuer, deswegen kaufe ich nach Priorität ein. Ich will endlich lernen, mit Geld umzugehen, was mir seit dem Kauf des Wohnwagens ganz gut gelingt. Spießigkeit ist doch genau das. Nicht Geld für das x-te Abo einer Filter-App auszugeben, sondern die Finanzen im Blick behalten. Nach ein paar Schritten finde ich den Gang mit den Haushaltswaren, entscheide mich für den großen schwarzen Mülleimer, greife noch nach einem Eichhörnchenkorb aus Schilfgras, denn so schnell funktioniert das mit dem verantwortungsvollen Leben doch nicht. Ich beeile mich, den Baumarkt wieder zu verlassen.

Schnell renne ich in den Real, weil wir heute Abend noch grillen wollen und ich die Fleischbeauftragte bin. Auch das erledige ich flink, schmeiße Würstchen, Steaks und Kräuterbaguettes in den Einkaufswagen und schließlich in den Kofferraum. Der Himmel ist immer noch blau, also gehe ich davon aus, dass, was auch immer Bruno gesehen hat, es vielleicht vorbeigezogen ist. Ich fahre durch das Tor vom Campingplatz – alles ist komplett nass. Richtige Pfützen haben sich auf dem Kiesweg gebildet, der Campingplatz sieht aus, als würde er gleich auseinanderfallen. Ich laufe schnell das Stück runter zu unserer Parzelle, meine Latschen quietschen. Der Junge spielt gerade mit den anderen Kindern, und Bruno sitzt beleidigt aussehend im Gartenstuhl.

»Es hat gehagelt, du ahnst nicht, was da eben vom Himmel runtergekommen ist.«

»O nein, bei mir war alles trocken«, sage ich etwas enttäuscht, den Weltuntergang verpasst zu haben.

»Ich war unten am See und habe alle Sachen hier liegen gelassen. Alles ist nass. Auch meine scheiß Schuhe.«

Katja winkt von drüben und ruft nach dem Fleisch. Ich gehe rüber und frage, ob bei ihnen ebenfalls alles nass ist. »Nein, zum Glück haben wir schon vorher alles reingebracht.« Ich: »Prima!« Sofort laufe ich kopfschüttelnd wieder zurück und zeige Bruno das Foto von Corinnas Sohn. Bruno guckt nicht richtig hin, da reagiere ich zickig. Wenn Bruno schlechte Laune hat, bekomme ich auch sofort schlechte Laune. So will es das Gesetz unserer Beziehung. Ich vermute nämlich immer, hinter allem könne noch etwas mehr stecken, als Bruno es zugeben möchte.

Der Junge kommt auf mich zugerannt, nur mit einem T-Shirt bekleidet, und sofort fallen mir seine blauen Lippen auf.

»Bruno, die Lippen sind blau«, sage ich entsetzt. »Er braucht mehr als nur ein T-Shirt. Wie kann das sein? Hier spielen vier Kinder, und unseres hat als einziges keine Hose an.« Ich bin enttäuscht. Der olle Platzregen, den ich noch nicht mal erlebt habe, droht unseren Abend zu versauen. Katja kommt und schlägt vor, wir könnten bei Jochen mitgrillen, weil niemand so recht dem Wetter trauen will. Die Salate sind schon fertig. Wann, ich frage mich, wann hatte die Frau Zeit, die Salate zu machen? »Prima!«

»Möchtest du was essen?«, frage ich Bruno, aber der schmollt und zuckt mit den Schultern. »Boah, wird das jetzt den ganzen Abend über so gehen?«, frage ich. Provokativ natürlich, weil ich trocken bin. Aber ich muss noch so viel im Wohnwagen erledigen, deswegen mache ich weiter Druck bei der Essensfrage.

»Für jemanden, der noch ein Kind möchte, kümmerst du dich sehr viel um einen Wohnwagen und weniger um ...«, er bricht den Satz ab.

Mir reicht aber schon zu wissen, was er eventuell sagen wollte, deswegen gucke ich ihn böse an, was ich ausgesprochen überzeugend kann. »So eine Scheiße, die du da redest«, unterbreche ich meinen bösen Blick.

»Ja, scheiße. Vor allem scheiß Camping«, sagt Bruno, als müsste er es endlich einmal loswerden. Er sagt: »Ist das jetzt wieder so ein Moment, wo du sagst, wie sehr du mich liebst, aber mich nicht besonders gut leiden kannst?«

»Treffend.«

Ab jetzt wird geschwiegen, um Trennung zu vermeiden.

Der Sohn rennt von einem Bein an das nächste und will einen von uns beiden unbedingt zu der Rutsche ziehen. Wir rauchen aber erst mal E-Zigaretten und beruhigen die Nerven. Katja wirbelt auf der anderen Seite rum. Sie sieht nicht so aus, als würde sie unserem kleinen Drama lauschen, schaut aber zwischendurch ganz betroffen in unsere Richtung. Ich sehe, wie der Junge allein rüber zur Rutsche rennt und dabei laut »Seiße« sagt. Eine halbe Stunde später sitzen wir alle am Tisch. Zwei Kinder von der polnischen Familie drei Parzellen weiter sitzen ganz selbstverständlich auf ihren Stühlen mit Besteck in den Händen. Alle Kinder bekommen die Teller vollgeladen, die Paare sitzen zusammen. Bruno guckt auf seinen Teller, und ich weiß genau, was er denkt. »Vielen Dank für die Zubereitung!«, sage ich. Die Stimmung ist eigentlich gar nicht so schlecht, auch wenn ich vor allem damit beschäftigt bin, den Jungen, der nicht mein Junge ist, davon abzuhalten, die Würstchen in die Büsche zu schmeißen. Katja hat gesagt, Kinder kennen noch keine Schwerkraft und lernen sie erst zu verstehen, indem sie Dinge wiederholt auf den Boden werfen. Mit den Augen ziele ich mahnend auf den kleinen Physiker. Ich finde es sowieso sehr schwierig, mit anderen Kindern umzugehen, besonders dann, wenn sie irgendeinen Mist veranstalten. Er schmeißt noch ein Stück, mein Blick gibt das Furchteinflößendste ab, wozu ich in der Lage bin. Bestimmt zählt der schon als Sorgenkind. Das letzte Stück Würstchen schnappe ich ihm vom Teller und schiebe es mir in den Mund. Er guckt nicht schlecht.

Nach dem Essen. Wir laufen, jeder mit seinem Teller und seinem Besteck in der Hand, klappernd ein paar Schritte zurück auf unsere Seite der Parzelle.

»Es gab jetzt nicht wirklich Quinoa-Salat, oder?«, sagt Bruno.

»Pssst, nicht so laut«, sage ich und kann mir ein Lachen nicht verkneifen.

»Und sitzen jetzt fremde Kinder immer mit am Tisch?«, will Bruno wissen.

»Fremd sind sie ja nicht. Das sind die Nachbarskinder, und ja, ich glaube, man lädt sie ganz selbstverständlich mit ein. Das war früher im Garten bei uns auch so.«

Wenig später bringe ich den Jungen in den Wohnwagen, dort zeige ich ihm auf dem Handy noch einen Zeichentrick. Die Lichterketten hatte ich noch vor der Dämmerung angebracht. Ich wollte es für uns drei so richtig gemütlich haben. Und das ist es. Ein paar E-Zigaretten und zwei Gläser Wein später gehen wir in den Wohnwagen rein und legen uns sofort hin. Ich am Fenster, Bruno außen und der Junge zwischen uns. Der Wein macht mich schummrig. Ich greife über den Jungen rüber nach Brunos Hand. »Aber die Matratzen findest du doch gemütlich, oder?«

»Ja, ich finde wirklich, das hast du alles sehr schön gemacht.«

»Bruno?« Er drückt meine Hand. »Ich habe gelesen, es gibt Ritualgegenstände, die als so ne Art Medium funktionieren. Dann kann man Verbindung mit der Natur aufnehmen oder so. Meinst du, der Wohnwagen könnte so ein Medium sein?«

»Weißt du, du musst mir nicht immer alles sagen, was du denkst.«

»Ich mein ja nur. Jetzt schlafen wir«, flüstere ich. »Gute Nacht.«

»Gute Nacht.«

* * *

Beim Einschlafen muss ich immer wieder daran denken, was für ein unverschämtes Glück wir mit dem Campingplatz hatten. Es macht mich fröhlich, genau da zu sein, wo ich gern sein möchte. Was mir oft im Urlaub so geht. Bisher sind wir gar nicht so oft verreist. In den drei Jahren, die wir zusammen sind, waren Bruno und ich einmal an der Ostsee, einmal in Spanien und einmal in Italien. Kleinere Wochenendausflüge über die Feiertage haben wir natürlich gemacht, meistens in Brunos alte Heimat. Als Kind bin ich häufig mit meinen Großeltern verreist. In dem kleinen blauen Golf, den mein Opa jeden Monat gewaschen hat, der auch nur von ihm richtig gewaschen werden konnte, fuhren wir nach Frankreich und nach Italien. Um 3 Uhr nachts hat uns Oma Karin geweckt, weil Opa Wolfgang noch vor dem morgendlichen Berufsverkehr in der Spur sein wollte. Mein Bruder und ich fanden Autofahren in der Dunkelheit wahnsinnig aufregend, bis wir nach kurzer Zeit wieder selig auf unseren Hintersitzen schliefen und erst im Hellen, in einem anderen Bundesland wieder erwachten. Abgewechselt haben sich meine Großeltern nie mit dem Fahren, weil Oma Karin so wie Bruno auch keinen Führerschein besaß. An Raststätten haben wir gehalten, aber es wurde nie Essen gekauft, weil Oma Karin immer Butterstullen und gekochte Eier vorbereitet hatte. Einen kleinen Salzstreuer aus Plastik gab es, den sie wie einen Schatz gehütet hat. Trinkpäckchen wurden uns gereicht und Tee aus einer Thermoskanne. Stundenlang sind wir gefahren, anschnallen mussten wir uns nicht, wir konnten unsere Beine aneinander vorbeilegen, die Köpfe an die Scheiben gelehnt, was mir heute allein bei dem Gedanken Schweiß auf die Stirn treibt. Und es wurde geraucht. Die Sehnsucht nach dem Alter war Opa Wolfgang nie ganz geheuer. Er war ein ganz wunderbarer Raucher. Einmal schmiss er den glühenden Stummel so unbeherzt aus dem Fenster, der Wind wehte den Stummel wieder in mein Fenster rein und landete auf der gehäkelten Decke. Der Stummel brannte sich ein, mein Bruder rettete uns, indem er Meldung nach vorne gab. Über diesen Zwischenfall lachen wir noch heute. Der rauchende Opa Wolfgang im Auto, wir nicht angeschnallten Kinder und immer der Satz von Oma Karin, »Gleich sehen wir die Berge«, der sich heute wie damals um mein Herz legt.

Im Urlaub zeige ich stets die allerbeste Seite von mir. Mache das Frühstück, schminke mich dezent und trage hübsche Kleider, die Haare sind anders, eine neue Sonnenbrille sitzt auf meiner Nase, als wäre ich plötzlich eine ganz neue Frau. Damit Bruno sich noch mal so richtig neu in mich verliebt, wenn wir in einer neuen Umgebung sind, aber auch weil ich mich mal anders fühlen möchte. Einen anderen Sinn für Reisen begreife ich nicht. Neulich hatten wir ein interessantes Gespräch. Ich sagte zu Bruno: »Würdest du lieber von einem Hai auf offenem Meer angegriffen werden oder von einem Krokodil in einem See?«

»Judith, ich lese.«

»Du kannst doch trotzdem meine Frage beantworten. Also, welcher Angriff wäre dir lieber?«

Bruno seufzte. »Von einem Krokodil.«

»Uff, ganz schlechte Wahl!«

»Ich will es eigentlich nicht wissen, aber ... Okay, warum ist das eine schlechte Wahl?«

»Weil deine Überlebenschancen bei einem Hai größer sind. Ein Krokodil zieht dich unter Wasser und ertränkt dich gnadenlos. Dann lässt es dich eine Woche irgendwo liegen, bis du

weich bist wie ein Watteball. Und dann frisst es dich genüsslich auf. Keine sehr schöne Vorstellung, findest du nicht?«
»Judith.«
»Was denn? Das ist doch interessant. Ein Hai könnte dich wieder in Ruhe lassen, weil er denkt, du wärst eine blöde Robbe.«
»Okay.«
»Du könntest ihn auch mit einem Schlag auf die Nase außer Gefecht setzen.«
»Ich lese jetzt weiter. An unserem Essenstisch gibt es weder Haie noch Krokodile.«
»Hey, man wird sich ja wohl noch unterhalten dürfen.«
»So wie neulich, als du von mir wissen wolltest, ob ich, wenn mich jemand zwingen würde, lieber Sex mit einem Hund oder einem Schwein hätte?«
»Katja hat gesagt, es ist wichtig, sich als Paar nicht nur über Kinder zu definieren. Wenn man noch andere Gesprächsthemen hat, ist das was Gutes.«
»Ich rede aber lieber über das Kind als über Krokodile, die mich fressen.«
»Glaubst du, du würdest unser Kind mögen, wenn es irgendein Kind vom Spielplatz wäre?«
»Er ist sehr süß.«
»Er hat Locken, er muss nicht sehr viel dafür machen.«
»Das stimmt.«
»Ich glaube, ich würde ihn mögen.«
»Du magst ja generell Kinder mehr als ich.«
»Glaubst du, er mag uns, wenn er mal erwachsen ist?«
»Hoffentlich.«
»Hoffentlich mich mehr als dich.«

»Ich mag, wie du dabei grinst.«
»Ich mag, wie du grinst.«
»Er wird dich lieber mögen. Du bist sehr liebenswert.«
»Das hast du noch nie zu mir gesagt.«
»Du möchtest ja lieber über Krokodile sprechen statt über das Kind.«
»Ich glaube, er wird dich cooler finden als mich, weil du in der Kneipe mit ihm ein Bier trinken gehst.«
»Möglich.«
»Von jetzt an möchte ich nur noch mit dir über das Kind sprechen.«
»Darf ich jetzt weiterlesen?«
»Was liest du denn da?«
»Nichts über Kinder.«
»Früher haben wir uns immer unsere Lieblingsartikel aus der vergangenen Woche geschickt, weißt du noch?«
»Ja.«
»Ich hätte nichts dagegen, wenn wir das wieder machen.«

Ich kann mich nicht mehr genau erinnern, wie unser Gespräch zu Ende gegangen ist, aber im Grunde ist es auch egal, ich bin glücklich, wenn ich mich mit Bruno unterhalten kann. Über Quatschsachen und natürlich über anderes. Hier auf dem Campingplatz lernen wir uns ganz anders kennen. Was mir schnell einleuchtet, weil unsere typischen Sonntage, also im allerbesten Fall typisch, ganz anders aussehen.

Wir schlafen aus und kuscheln noch lange im Bett. So lange, bis der Sohn irgendwann in die Küche rennt und ungeduldig am Korb mit den Bananen rüttelt. Bruno kommt nur schwer aus dem Bett. Der Sohn darf Fernsehen schauen und bekommt noch seinen Frühstücksbrei und einen Kakao serviert. Bruno steht immer noch nicht auf, und ich mache Kaffee. Bruno steht endlich auf und braucht mindestens eine halbe Stunde für sich auf dem Balkon. Dann macht er für uns Rührei. Wir essen und spielen danach ein bisschen mit dem Jungen. Oder wir schauen noch weiter Fernsehen. Je nach Laune vom Sohn. Oder von Bruno. Anschließend macht der Sohn einen Mittagsschlaf. Stündchen. Bruno und ich wecken ihn meistens zusammen, weil er so süß ist, wenn er noch verschlafen ist. Es gibt einen kleinen Snack. Der Sohn wird angezogen, und wir gehen raus zu unserem geliebten Pavillon. Dort gibt es eine Waffel, die wir drei uns teilen. Ich bestelle meistens noch eine nach. Im Sommer gehen wir auf den Spielplatz. Im Winter wieder nach Hause. Bruno bleibt noch draußen sitzen, und das ist der beste Teil vom Sonntag. Feinstes Unterhaltungsfernsehen für mich auf Sat.1 oder RTL. Wahlweise geht es um Hochzeiten, Backen oder vermisste Menschen. Der Junge beschäftigt sich mit den Autos und kommt immer mal kurz zum Kuscheln zu mir rauf auf die Couch. Sonntags wird bei uns nur bestellt. Das erledigt meistens Bruno. Oder ich hole unser Essen beim Griechen oder Vietnamesen um die Ecke ab. Der Sohn wird meistens von mir ins Bett gebracht. Dann lümmeln Bruno und ich uns wieder auf die Couch und schauen eine Serie. Ich schlafe als Erste ein.

***

Am nächsten Morgen wache ich als Erste auf. Ich ziehe die gelben Vorhänge zur Seite, was mir einen schönen Blick auf das Feld hinter unserer Parzelle offenbart. Ich mache ein Foto.

Noch sind wir nicht voll ausgerüstet. Herd und Kühlschrank sind schon da, sie wurden letzte Woche geliefert, aber bis sie funktionieren, müssen sie sich erst mal noch als Herd und Kühlschrank ausgeben. In der Kleingartenanlage gab es keinen Elektroherd, sondern einen Gasherd, der mit einem Feuerzeug angemacht wurde. Das Knistern und Klacken fand ich als kleines Mädchen sehr aufregend, ich konnte meinen Blick nicht davon abwenden. »Das ist Trick 17«, erklärte Oma Karin lächelnd, als die Flamme endlich loderte. Für den Rest des Tages habe ich mich gefragt, was wohl die 16 anderen Tricks seien. Den Strom beziehen wir derzeit über die Kabeltrommel, deren schwarzes Kabel einmal durch die ganze Parzelle reicht. Wenn ich Fotos mache, bemühe ich mich, das hässliche Kabel nicht drauf zu haben, sondern nur den idyllischen Teil unserer Parzelle.

Aufwachen in einem Wohnwagen, schön. Ich steige erst über den Sohn, dann über Bruno rüber. Ich muss dringend pullern. Am Anfang war ich überzeugt, es würde mir überhaupt nichts ausmachen, morgens den Weg hoch zum Bahnhof zu laufen, aber dann hat mich überrascht, wie sehr eine Blase morgens drücken kann, wenn etwa 300 Meter zwischen Pullerstrahl und Kloschlüssel liegen. Als wir noch das Zelt hier stehen hatten, bin ich morgens rüber aufs Feld gehuscht, was mit dem Wohnwagen, der mir jetzt perfekten Sichtschutz auf meinen Hintern bietet, nicht mehr nötig ist. Ich laufe ans hintere Ende des Wohnwagens, ziehe die Hose runter, gehe in die Hocke wie zu meinen besten Festivalzeiten und lass laufen. »Morgen!«, ruft Jochen auf seiner Seite der Parzelle durch die Büsche. Ich zucke einmal ordentlich zusammen und verliere das Gleichgewicht, sodass der Pullerstrahl direkt mein Bein trifft. Ich spüre, wie die Puller von meiner Haut in die Leggins läuft. Jochen sieht mich nur von hinten, und ich komme zu der genialen Schlussfolgerung, wenn ich Jochen nicht sehe, muss ich Jochen auch nicht zurückgrüßen. Ich bemühe mich, den Pullerstrahl wieder senkrecht zum Boden zu führen, ein schwieriges Unterfangen, weil meine Oberschenkel wegen der Anspannung langsam anfangen, höllisch zu schmerzen. Da ich nicht weiß, ob Jochen immer noch hinter mir steht und Klarsicht auf meinen Allerwertesten hat, wenn ich hochgehe und dabei die Hose hochziehe, harre ich in meiner Hocke aus. Ich entschließe mich, die anderthalb Meter bis zur Ecke vom Wohnwagen in der Hocke zu schaffen und erst dann die Hose hochzuziehen. Wie eine Ente, nur eben mit nacktem Hintern, watschle ich stöhnend nach vorne. Wahrscheinlich sieht das Ganze wie eine Übung bei der Bundeswehr aus. *In die Hocke, Poznan, und nach vorne! Geheult wird nicht!* Ich komme um den Wohnwagen rum und fühle, wie ich von der Anstrengung rot im Gesicht werde. Plötzlich sehe ich Günther rauchend auf der anderen Seite stehen, der verwirrt zu mir herübersieht. Kann man hier nicht mal in Ruhe pullern?! Ich meine, Jochen könnte weg sein. Gut, Rückzug, aber immer noch in der Hocke. Ich bin ja immer dafür, sich selbst zu fragen, wie man denn findet, wie man sich im Spiel des Lebens schlägt. Dies war nicht so ein Moment. Hockend, schwitzend und angepullert, das Ganze noch nicht mal vor 8 Uhr morgens, watschle ich rückwärts um die Ecke zurück. Keiner wird hier meinen Hintern zu Gesicht bekommen. Ich gehe hoch, die Hose geht hoch, alles wieder hübsch verpackt. Wieder zurück in den Wohnwagen, aber so, als wäre rein gar nichts gewesen.

Ich ziehe mir meine angepullerte Leggins aus und denke,

Camping ist wirklich nicht für jeden Menschen geeignet. Noch möchte ich aber nicht aufgeben. Der Sohn wird wie bestellt wach. Und wie zu Hause krieche ich zu ihm unter die Decke, nur muss ich hier wieder über Bruno rüber, und schlagartig wird mir bewusst, wirklich alles ist sehr eng und sehr umständlich zu erreichen. Der Sohn strahlt und macht es sich sofort mit seinem Kopf auf meinem Bauch bequem. Seine erste Wohnung, denke ich. Daran werde ich ihn erinnern, wenn er in zwanzig Jahren mit seinen Kartons und seinen großen Erwartungen an das Leben von mir weg will. Bruno hat die Augen noch zu, also steige ich diesmal zusammen mit dem Sohn über Bruno rüber, um dem Sohn die Windel zu wechseln. Vielleicht lege ich mir besser auch eine Windel morgens um. Beknackte Idee, weiter geht's mit Kaffee.

Der Sohn verlangt morgens neuerdings nach einer Banane, an die ich tatsächlich im Hofladen am Tag zuvor gedacht habe. Hungrig stopft der Kleine sie sich in den Mund. Er schlingt die Banane in einem Wahnsinnstempo, ohne dabei nur einmal in Ruhe zu kauen. Ich schaue ihm zu. So wie ich ihm bei allem, was er isst, aufmerksam zuschaue. Es ist schon erstaunlich. Millionen Menschen vor mir schauten ihren Kindern beim Essen zu, und Millionen Menschen nach mir werden es tun. Man wusste immer, dieses Leben mit Kindern gibt es. Man sah Eltern im Supermarkt und bekam Fotos von niedlichen und weniger niedlichen Babys zugeschickt. Trotzdem hatte man keine Ahnung davon. Nicht die geringste Ahnung, wie dieses Leben ist. Millionen Menschen schauen dabei zu, wenn eine Banane gegessen wird. Ob Kinder an Bananen ersticken können, muss ich unbedingt noch recherchieren. Ich fülle Wasser aus dem Kanister in den Wasserkocher, der auf dem Boden steht, weil das Kabel nicht hoch bis zum Tisch reicht. Der Kaffee ist nur so ein Instantkaffee, der zwar nicht so lecker wie Bohnenkaffee ist, aber ich wollte Camping schließlich einmal komplett durchspielen.

Das wohl Tollste an Wohnwagen und Camping ist, ich muss einfach nur die Tür aufmachen, und der Junge ist sofort an der frischen Luft. Er kann gleich zu der Rutsche nebenan laufen, was ihm Ralf von gegenüber zu jeder Tageszeit erlaubt habt, er kann sich sein Bobbycar schnappen oder sein Buddelzeug. Die anderen Kinder sind ebenfalls schon wach, was mir die allergrößte Freude bereitet, alle Kinder gleich in Bewegung zu sehen, sodass ich ungestört erst mal eine rauchen kann. Es gibt kein schlechteres Gewissen, als das eigene Kind als Dieb zu empfinden, es von sich wegzudrücken, weil es einem Zeit stehlen möchte, die in diesen Momenten so unglaublich kostbar erscheint. Ich mache mir eine E-Zigarette an und genieße den Anblick mit einem Kaffeebecher vor mir auf dem Tisch, bevor ich mein Handy nehme und mein Gesicht dahinter verschwindet. Nach ein paar Minuten blicke ich nach oben und entdecke Katja in der Tür. »Morgen, Katja«, rufe ich und bin entsetzt, wie man um halb neun morgens am Wochenende schon so aussehen kann, als könnte man gleich ins Büro gehen, dabei aber komplett ungeschminkt ist. Katja arbeitet gar nicht in einem Büro, sondern ist seit fünf Jahren zu Hause mit den Kindern.

»Kleines Frühstück und dann See?«, ruft sie zurück. Katja hat immer Hummeln im Hintern, was mir als Raucherin völlig fremd ist. Aber hier sind wir jetzt ein Kollektiv aus Großstädtern in der Natur, deswegen beuge ich mich jeder vorgeschlagenen Gruppenaktivität. Außerdem ist es vielleicht für den

Jungen eine tolle Sache, gleich morgens im Wasser zu planschen, es sollen immerhin heute 30 Grad werden. Jetzt schon knallt die Sonne, also packe ich den Kram für den See zusammen. Bruno kann noch ausschlafen, so eine Freundin bin ich beim Camping.

Ich schaue rüber. Katja nimmt nur das jüngste Kind mit, das genauso alt wie mein Kind ist. Die Zwillinge sollen mit Papa Walter die Blumen vor dem Bauwagen einpflanzen. Katja und Walter sind die Einzigen auf dem Platz, die einen Bauwagen haben. Er ist wirklich sehr groß, erinnert irgendwie an eine Mini-Einraumwohnung und hat sogar Platz für eine Couch und einen Ofen. Drei Kinder passen da locker rein. Ein Panoramafenster mit Blick auf das Feld will Walter nächsten Sommer noch einbauen. Im Vergleich zu unserem Wohnwagen ist der Bauwagen ein richtiges Monster. Grün ist das Blech von außen gestrichen, das ein bisschen glänzt, wenn es geregnet hat, und innen ist schön Holz verlegt. War alles im Preis mit inbegriffen. Bei der Lieferung des Bauwagens hatte ich überlegt, ob ein Bauwagen für uns nicht doch eine bessere Idee gewesen wäre, aber ich fühlte mich einfach mehr als Wohnwagen-Typin, was ja wichtig ist, sich bewusst zu machen, wenn man einen Pachtvertrag unterschreibt, so, wie man sich klar werden muss, ob man ein Schild neben der Tür ist, auf dem steht »Carpe diem« oder »Man muss das Leben tanzen«.

Unten am See. Die Sonne scheint aufs Wasser und lässt die Oberfläche schön glitzern. Die ersten Boote tuckern an uns vorbei. Das Wasser ist vorne sehr flach, deswegen müssen wir keine Angst haben, den Kindern könnte etwas passieren. Allerdings habe ich neulich einen Artikel über sekundäres Ertrinken bei Kindern gelesen, was ich aber Katja nicht erzähle, denn wenn sie wie ich erst weiß, was sekundäres Ertrinken bei Kindern ist, dann kann sie nicht mehr sehr ruhig ihrem Kind beim Planschen zusehen. Wir stellen uns wie bei einem amerikanischen Footballspiel nebeneinander, bis zu den Knien im Wasser, die Kinder vor uns und der Rest vom See hinter uns. Keine Sekunde lasse ich die Kinder aus den Augen, sekundäres Ertrinken wird nicht passieren.

»Na, wie läuft es bei euch gerade?« Katja hat diese wunderbare Eigenschaft, ganz gewöhnliche Sätze in einer sympathischen Stimmlage zu sprechen, sodass man ihr sofort alles erzählen möchte.

»In letzter Zeit eigentlich ganz gut.«

»Habt ihr noch mal über das zweite Kind sprechen können?«

»Eher nicht. Ich will keinen Druck ausüben, aber wenn es um dieses Thema geht, bin ich irgendwie nicht in der Lage, Bruno sachlich klarzumachen, warum ein zweites Kind uns bereichern könnte.« Als Mütter kommen wir stets schnell zur Sache. Jeden Moment könnte irgendwas passieren, was unser Gespräch unterbricht, deswegen verschwenden wir keine Zeit mit Smalltalk über das Wetter. Wir gehen gleich an die eingemachten Themen ran.

»Würde es das denn?«

Die Frage ist eigentlich berechtigt. Nicht zu fassen, sie kommt von einer Dreifach-Mutter. Vor allem ist die Frage gar nicht so leicht zu beantworten. Ich habe keine Ahnung, ob es uns glücklicher machen würde, so, wie ich es hoffe. Wir würden ja nicht unglücklich zu dritt zurückbleiben. Oder so ähnlich.

»Vielleicht«, antworte ich. Dann fangen die Kinder an, sich um den Eimer zu streiten, ich sage aber nichts, weil Katja neulich gesagt hat, Eltern müssten bei Konflikten zwischen Kindern neutral agieren, da es ihr Sozialverhalten fördert. Ich setze wieder an: »Ich glaube, wir brauchen mehr Zeit.«

»Die solltet ihr euch auf jeden Fall nehmen. Wenn man beim ersten Mal nicht planen konnte, sollte es beim zweiten Mal ganz sicher die Chance geben, gemeinsam zu entscheiden.«

»Ja, das sollten wir.«

Dann knallt der Eimer gegen einen Kopf. Beide Kinder heulen.

»Morjen«, hören wir beide plötzlich und drehen gleichzeitig unsere Köpfe nach links, während jede ein meckerndes Kind am Bein hat. Die Nachbarn von vorne, deren Namen ich mir nicht merken kann, wollen ihre morgendliche Runde schwimmen. Lächelnd stapfen sie durch das Wasser an uns vorbei und tauchen schließlich mit ihren nackten Körpern in den See. Die Kinder sind wieder brav. Katja kommt einen Schritt näher auf mich zu. Sie flüstert: »Du, jetzt, wo ich das Pärchen sehe, fällt mir ein, ich habe gehört, bei der einen Parzelle mit der mit dem Dekohund neben der Tür müssen wir vorsichtig sein. Angeblich stecken die Schilling, wer wann zur falschen Zeit parkt oder zu viel Müll in die Tonne wirft, so was.«

»Was?« Ich bin ganz und gar sprachlos. Und auf eine eigenartige Weise beeindruckt, was unser Campingplatz noch so alles zu bieten hat. Späher aus dem Wohnwagen. Für Nachbarsdramen habe ich mehr übrig, als ich es zugeben möchte.

Im Garten meiner Großeltern gab es neben dem Kompost einen kleinen Eingang zu dem Grundstück der Nachbarn. Renate und Ernst kleingärtnerten da. Als Kind bin ich oft zu ihnen nach hinten gegangen, weil ich Renate immer sehr nett fand und sie mir Bonbons zusteckte. So großartig simpel war mein Kosmos. Oma Karin sah es nicht gerne, wenn ich dahin ging, ich verstand aber überhaupt nicht, wieso. Renate und Ernst hatten, dafür, dass sie Erwachsene waren, immer Lust, sich mit mir zu unterhalten. Sie stellten Fragen, wie wir zu Hause so lebten und was meine Eltern nach der Arbeit machten. Ich erzählte stolz, Norman, mein Bruder, hätte einen Fernseher und einen Kassettenrekorder in seinem Zimmer und auf dem guckten wir immer Kinderfilme. Wir haben *Feivel, der Mauswanderer* geschaut, laut mitgesungen, »Sag niemals nie, Träume erfüllen sich nur, wenn du dran glaubst, nur dann werden sie wahr ...«, und die Kassette zurückgespult, nur um den Film wieder von vorne anzufangen. Unser Wunsch-Guck-Rekord lag bei dreimal, was bei Vollzeit arbeitenden Eltern realistisch war. Keine Ahnung, warum es uns trotzdem nie gelungen ist. Erst sehr viel später erzählte Oma Karin, der Ernst wäre bei der Stasi gewesen. Die Hör- und Guckgesellschaft hieß das. Die Renate und der Ernst könnten sogar Lippenlesen, sagte sie. Plötzlich empfand ich meine Zeit drüben am Tisch auf der Terrasse ganz anders. Wenn ich darüber genau nachdachte, hatte es wirklich etwas von einem Verhör gehabt, was ich als kleines Mädchen von sechs Jahren überhaupt nicht hatte einordnen können. Nett fand ich sie dennoch. Lange Zeit habe ich mich gefragt, warum Renate und Ernst eigentlich immer noch Stasi spielten, wenn es eigentlich schon die 90er waren. Vielleicht war die Stasi in Renate und Ernst noch so drin, sie konnten nicht damit aufhören. Vielleicht war es das, was sie glaubten, tun zu müssen.

Katja und ich gucken noch kurz unseren Nachbarn beim

Schwimmen zu. Dann laufe ich zum Sohn und halte das Eimerchen vom Kopf des anderen Kindes weg, damit er es nicht zu doll erschlägt. Die Stasi ist hier, das musste ich unbedingt Bruno erzählen.

***

Am Nachmittag soll ein ehrgeiziger Spaziergang im Buggy dem Sohn beim Einschlafen helfen. Angeschnallt und mit einem von diesen Fruchttütchen ausgestattet, die auf manchen Spielplätzen in unserem Kiez für Entsetzen sorgen, machen wir uns auf den Weg. Es ist wirklich sehr heiß, was sich im Wohnwagen bemerkbar macht, der um diese Zeit in der prallen Sonne steht. Wir verlassen den Campingplatz, und ich entscheide mich für einen Weg, der viel von Radfahrern aus der Umgebung genutzt wird. Die Bäume spenden uns Schatten, es ist ruhig, ein paar Vögel zwitschern den Jungen in den Schlaf. Ich stoppe den Buggy, ziehe die Bremse, auch wenn der Weg gerade ist, und stelle mich ein paar Meter weg, um eine zu rauchen. Die Gegend erkunden, abseits vom Campingplatz, macht mir Freude. Ziellos gelaufen bin ich schon immer gern. Am liebsten mit Oma Karin zusammen, die es bei unseren Spaziergängen draufhatte, mir spannende Geschichten über europäische Königshäuser zu erzählen. Stets mit dabei der Hund. Überall im Haus lagen Illustrierte herum, mit Prinzessin Diana auf dem Cover, die wir gemeinsam durchblätterten. Das war unser Ding.

Am liebsten nannte mich Oma Karin ihre »Puppe«. Und manchmal auch noch liebevoller »Püppchen«, mit diesem ganz besonderen Augenaufschlag dazu, der sich für mich warm anfühlte. Oma Karin war keine besonders große Frau. Schlank, irgendwie sportlich, obwohl ich sie, außer mal schwimmend im Meer, nie Sport treibend gesehen habe. Zart war sie, aber nicht zimperlich. Das Hochzeitsfoto auf meiner Kommode zu Hause ist der einzige Beweis dafür, dass sie mal lange schwarze Haare hatte. Die Großeltern kommen gerade aus dem Standesamt, ihr Schritt wirkt schnell, aber das Foto ist kein bisschen verwackelt. Ihre Arme sind eingehakt, sie schauen direkt in die Kamera und lächeln. Im anderen Arm hält Oma Karin einen Blumenstrauß, dessen Farben ich auf dem Schwarz-Weiß-Foto nur raten kann, weil ich mich mit Blumensorten überhaupt nicht auskenne. Sie trägt ein Kleid mit einem weiten Reifrock, der bis kurz über ihre Knie reicht. Darüber eine Jacke. Opa Wolfgang sieht ebenfalls ungewohnt schick mit seiner Krawatte und seinem zugeknöpften Parka neben ihr aus, die Haare sind zur Seite gekämmt. Es war April, deswegen die Jacken. Beide sind Berliner. Ihre Familie: Kommunisten. Seine: Polen, Schlesier, Wegschauer, keine Ahnung. Sie ist Büro-Assistentin, er KFZ-Mechaniker. Ihre Haare, so schöne lange Haare, denke ich oft beim Betrachten des Bildes.

Ich kannte Oma Karin nur mit kurzen, schwarz-grauen Haaren, was ihr aber unglaublich gut stand, weil sie sehr dickes Haar hatte. Schon als Kind fiel mir auf, wie ähnlich manche meiner Körperstellen ihren sahen, die dicken Daumen zum Beispiel. Die stämmigen Beine. Die knollige Nase. Sie hatte ein Gespür für Mode, keine aufregenden Outfits oder dergleichen, aber sie kombinierte ihre Oberteile immer passend zur Hose, selbst wenn sie im Garten im Dreck grub. Aus Schmuck machte sie sich nicht besonders viel. Dafür zog sie sich mit dem Kajalstift jeden Tag eine feine Linie unter die Augen. Auf keinen

Fall war sie vornehm. Nicht aufgetakelt oder so was. Sie war nahbar. Ganz und gar erreichbar für jeden, der sie traf. Ich fand sie sehr hübsch, was mich als Kind unglaublich stolz machte, mit so einer schicken Oma durch die Kleingartenanlage zu laufen.

Bestimmt musste es meinem Vater als Kind genauso gegangen sein, obwohl ich ihn nie gefragt habe. Mein Vater war das einzige Kind meiner Großeltern. Eine Tatsache, die mich schon früh beschäftigt hat, weil meine Mutter drei Geschwister hat und dieses Ungleichgewicht an Tanten und Onkeln mir auffiel. Ein Kind war für diese Zeit untypisch. Wenn ich genauer darüber nachdenke, ist es eigentlich für jede Zeit untypisch, irgendwie nicht vorgesehen, der Welt nur ein Kind zu hinterlassen. Ich vermutete damals eine abgründige Erklärung, weil ich als Kind ganz heiß auf die dunkle Seite unserer Familiengeschichte war. Konnte doch sein, ich wäre adoptiert oder so. Es gab Gründe für Geheimnisse, davon war ich überzeugt, deswegen kramte ich heimlich in Schubladen und Schränken, um Dokumente zu finden, die meinen Verdacht bestätigen würden. Leider bin ich nie auf etwas gestoßen. Wir waren wohl eine langweilige Familie.

Mein Vater, das wusste ich, war ein unglückliches Einzelkind gewesen. Er erzählte mir oft, wie einsam er sich gefühlt hatte, und auch, warum er genau deswegen zwei Kinder hatte haben wollen. Vielleicht hat das mein Bild von Einzelkindern so dermaßen geprägt. Weil ich mir immer meinen Vater als traurigen kleinen Jungen vorstelle.

Ich komme an eine Weggablung. Entweder biege ich in den Wald oder ich bleibe auf der Spur. Am liebsten würde ich in den Wald reingehen, was aber mit dem Buggy keine gute

Idee ist, weil ich schon von Weitem Sandgräben sehe, die mich schnell laut fluchen lassen würden. Ich schaue hoch zum Himmel. Schon wieder alles blau, vereinzelt kleine, puffige Wolken. Jetzt, mehr als jemals zuvor, beschäftigte ich mich mit der Frage, warum Oma Karin nur meinen Vater bekam. Die Geburt war schwer. So die offizielle Begründung. Ob es bedeutete, sie konnte aus medizinischer Sicht danach keine Kinder mehr bekommen, wurde nicht gesagt. Das wurmte mich am meisten. Nicht, was sie sagten, sondern was sie wegließen. Nur Puzzleteile der Vergangenheit gab es, ein vollständiges Bild erschloss sich mir nicht.

Ein Eckteil: Oma Karin war noch sehr jung, als sie meinen Vater bekam, so um die 20, ein Jahr, bevor die Mauer gebaut wurde. Es war doch noch so viel Zeit; fünfzehn Jahre locker. Sie hätte gerne noch eine Puppe gehabt, gestand sie mir mal in einem traurigen Moment, ich war bereits in der Pubertät. Ab da bildete ich mir ein, der Hund, den sie über alles geliebt hatte, sei ein Ersatz für das zweite Kind, welches sie nicht bekommen hatte. Ich witterte einen Familienskandal, vielleicht waren wir doch nicht langweilig. Als Kind betrachtet man seine Eltern als Eltern, nicht als zwei Menschen, die eine Beziehung führen, die gerne Schokolade beim Fernsehen essen oder sich Sorgen um die Zukunft machen. Bei den Großeltern ist die Grenze sogar noch mal dicker gezogen. Man hinterfragt nicht laut, was sie bereit sind, außerhalb ihres Großelterndaseins von sich preiszugeben. Den Mut, Fragen zu stellen, den hat man. Mit sieben oder acht sind es aber nie die richtigen Fragen.

Oma Karin nannte Opa Wolfgang vor uns immer nur Opa. Als wäre er für sie nichts anderes als ein Opa. (Außer er gab einen seiner Witze über Türken und Polen zum Besten, dann zischte sie »Wolfgang« zu ihm rüber.) Was war es? Was war der Grund, warum sie kein zweites Kind bekommen hatten? Weil Opa Wolfgang eine Zeit lang beruflich viel unterwegs war und sie die Schose mit Zweien nicht allein durchziehen wollte? War es, weil sie ab und zu mit ihrem Kopf abdriftete? Hatten sie noch weniger Geld, als ich immer dachte? Wollte er nicht oder wollte sie nicht?

Seit 20 Minuten bin ich jetzt schon unterwegs. Die Räder vom Buggy quietschen auf dem Asphalt. Eigentlich quietscht alles an dem Scheißding, das wir gebraucht bei eBay Kleinanzeigen gekauft haben, obwohl ich eigentlich einen nigelnagelneuen haben wollte wie auf dem Werbefoto mit der glücklich aussehenden Mutter, die bestimmt noch nie im Dispo war. Dass er da jetzt allein drinliegt, in seinem quietschenden Buggy, macht mich fertig.

Ich sehe mich immer noch mit Oma Karin übers Feld laufen. Sehe uns unterm Kirschbaum sitzen, wie ich ihr Englisch beibringe aus meinem Workbook von der Schule, das meine Mutter extra für unseren Privatunterricht doppelt kaufen musste. Und ich sehe uns immer noch vor dem Ofen im Häuschen sitzen, wie sie mir bei unserem letzten Treffen ein paar mehr Puzzleteile von handgeschriebenen Blättern vorliest und dann Seite für Seite in den Ofen wirft, weil sie glaubt, niemand außer mir würde sich für ihre Geschichte interessieren.

Sie starb an einem warmen Augusttag und wie Leute so sagen würden: nach einem langen Krebsleiden. Ich war achtzehn. Ich war dabei, als sie drei Jahre zuvor den Knoten in ihrer Brust meiner Mutter zeigte. Ich war aber nicht dabei, als es passierte. Opa Wolfgang erzählte, die letzten Wochen konnte sie das Bett nicht mehr verlassen. Am Morgen steht sie plötzlich auf, läuft raus in den Garten, um an ihren Rosen zu schneiden. Dabei ist sie einfach umgefallen. Eine Hirnblutung. Keine schlechte Art, so zu sterben. Bei dem, was man am liebsten macht. Sie wurde 65 Jahre alt. Wie alt will ich werden?

Abends. Vorm Einschlafen tippe ich in mein Handy, was ich dem Sohn mal ganz sicher nicht erzählen werde:

– Die Krebssache mit S.
– Der Bräutigam
– Drogen, der witzige Teil (als Präventionsmaßnahme erzähle ich vom schlechten)
– Warum genau ich die zehnte Klasse wiederholen musste
– Einbruch ins Schwimmbad (wobei: gute Geschichte)

Mein letzter Gedanke, bevor die Augen zuklappen: Ich werde meinem Sohn niemals böse sein, wenn er die Wahrheit sagt, selbst dann nicht, wenn die Wahrheit mir nicht gefällt. Allerletzter Gedanke, die Augen sind schon zu: Hoffentlich werde ich mindestens so alt, wie der Junge mich nicht mehr braucht.

Ist es nicht genau das, was alle von mir erwarten?

***

Der Wohnwagen braucht einen neuen Boden. Das habe ich schon gleich beim ersten Betreten gemerkt, damals bei der Besichtigung. Die Oberschränke sind jetzt zwar schicker als vorher, nicht mehr in dieser dunklen Holzoptik, aber allzu schwungvoll sollte man sie dennoch nicht öffnen. Schon deswegen nicht, weil ich, der Pfuscherei komplett unterworfen, die neuen Türknöpfe nur mit Sekundenkleber befestigt habe. Wacklig ist auch der Tisch, den man auf- und abbauen kann, um entweder in der Ecke zu schlafen oder zu essen. Unter den beiden Sitzbänken ist viel Stauraum, den ich erst mal für die Lagerung meiner ganzen Werkzeuggeschichten nutze. Ein paar Erbstücke vom Vorbesitzer sind darin noch zum Vorschein gekommen. Eine gehäkelte Decke, gelbes Geschirr und so ein richtig hässlicher Engel aus Metall, auf dessen Kopf man eine Kerze platzieren kann. Einrichtungspessimismus könnte man das alles nennen.

Alles knarrt, droht kaputtzugehen, egal wie behutsam man sich im Wohnwagen bewegt. Ich habe ja keine Probleme damit, mich in Zeitlupe zu bewegen, aber Bruno ist ungefähr der schlimmste Grobian, der schlimmste Stampfer und Überallgegenstoßer, den man sich vorstellen kann. Hinzu kommt noch der ständig auf- und abspringende Sohn. Das muss ich natürlich alles mitbedenken.

Die Tür macht mir am meisten Sorgen. Richtig schließen lässt sie sich nicht, man kann unten an der Seite locker ein Stück Pappe durchschieben. Ist ebenfalls auf meiner Liste der noch zu erledigenden Aufgaben verzeichnet.

Mit der Schlafseite bin ich eigentlich ganz zufrieden. Ich habe bei Ikea Lattenrost und zwei Matratzen besorgt, worauf es sich ausgesprochen gemütlich liegt. Zu Hause haben wir nur ein 1,40er-Bett und hier luxuriöse knappe zwei Meter. Was, wenn man bedenkt, dass wir zu Hause immer zu dritt wie die Sardinen in der Dose schlafen, eigentlich eine Verbesserung darstellt. Die Küche habe ich vom Autohändler rausreißen lassen. Es war mir nicht geheuer, Essen auf den 41 Jahre alten Platten zu kochen oder in den 41 Jahre alten Kühlschrank zu stecken. Ich bin keine notorische Putzteufelin, keine, die behauptet, für sie wäre Putzen eine Chance, »um einfach mal runterzukommen« oder so was, aber ein bisschen sauber will ich es schon haben. Außerdem hatte ich ja entschieden, spießig zu werden.

Was mich wieder zu dem Boden bringt: PVC. Dunkelbraun. Überall Löcher. Laminat scheint mir die bessere und hübschere Alternative. Es war meine Mutter, die mich angerufen und gesagt hat: »Kind, lass den Burghard wenigstens das Laminat verlegen.« Burghard ist der neue Freund meiner Mutter. Ich weiß noch nicht, wie ich Burghard finde. Ich weiß nur, meine Mutter gibt es nicht mehr ohne Burghard, womit ich versuche klarzukommen. Aber weil ich von wirklich vielem keine Ahnung habe, am wenigsten davon, wie man Laminat verlegt, war ich dankbar für das Angebot. Ich antwortete also »Top« und marschiere jetzt in den Baumarkt. Dort verzweifle ich wieder mal nach wenigen Schritten. Im Grunde sieht dort jeder verzweifelt aus. Nur die Mitarbeiter nicht – die sieht man nämlich nirgendwo. Wer gerade viel Stress hat und irgendwie allein sein will, dem empfehle ich einen Infostand im Baumarkt.

Ich schaffe es, ohne Hilfe die Abteilung mit Holz zu finden, und verbringe dort zweieinhalb Jahre. Ich sehe überall Holz. Meine Gedanken schießen wie Torpedos durch mein Hirn. Weil ich Holz sehe, denke ich an Bäume. Denke ich an Wälder. Denke ich, warum auch immer, an Wälder, die abbrennen. Dann an Australien. Dann an mich in Australien vor drei Jahren ohne Geld. Ohne Geld und daran, wie ich irgendwann arm sterben werde. Zum Glück drängen sich schnell die Worte Eiche, Landhausstil und Vintage auf; Jubiläumsangebot steht auf einem Schild – und das Laminat hat mich überzeugt. So hübsches Laminat habe ich noch nie zuvor gesehen, und ein Boden im Landhausstil könnte meinen Wohnwagen auf ein ganz neues Level heben.

Meine Mutter kommt mit Burghard gegen die Mittagszeit. Ich habe sie natürlich vorab gewarnt, bloß nicht zwischen 13 Uhr und 15 Uhr aufzukreuzen. Noch mal Schilling, während ich gerade Laminat verlege, hätte mir die Laune wieder verdorben. Sie kommen also pünktlich gegen 12 Uhr an, und ich präsentiere mein hübsches Laminat auf der Wiese. Ein Blick von Burghard reicht. Er sagt: »Das ist kein Laminat. Mädel, du hast Parkett gekauft.« Ich denke, ich mag den Burghard ziemlich gerne.

Parkett, habe ich gelernt, ist sehr viel dicker als Laminat und sehr viel schwieriger zu verarbeiten. Es eignet sich nicht besonders gut für kleine, verwinkelte Räume, man flucht schnell, will Dinge in Brand setzen, am liebsten einen Wohnwagen, und mindestens zwei Sägeblätter gehen dabei drauf. Aber das Ergebnis sieht toll aus. Und das ist mir so sympathisch am Handwerken: Man schraubt, sägt, kratzt, macht Dinge passend, die auf den ersten Blick nicht funktionieren, man lässt sich eben was einfallen.

Beeindruckt war ich davon schon als Kind. Opa Wolfgang hatte einen großen Schuppen, in dem locker gut eine Million Schrauben lagen, weil Opa Wolfgang nichts wegschmeißen konnte. Er werkelte in seinem Schuppen von morgens bis abends, während Oma Karin mit einer Schüssel auf der Leiter stehend die madenstichigen Kirschen vom Baum pflückte, um sie später in ihrem Kuchen zu verarbeiten. Beide Großeltern waren meine gesamte Kindheit über immer noch im Zustand der Knappheit. Ich meine, sämtliche Prospekte von

Supermärkten wurden am Tisch durchforstet und anschließend die Supermärkte nach den Angeboten abgefahren. Die Freude darüber, die Cola für 43 Pfennig irgendwo günstiger bekommen zu haben als in der Woche davor, ist schon irgendwie irre. Pragmatismus geknüpft an Sparsamkeit machte meine Großeltern zu dem, was sie waren. Kleingärtner, die den Sozialismus nicht mehr in sich, aber wie eine Mütze auf dem Kopf trugen. Er also im Schuppen, sie im Garten und mein Bruder und ich dazwischen, immer am Buddeln.

Einige Kleingartensommer später, ich war schon über 1,60 m groß, hielt ich nicht mehr viel von der Idee, mich schmutzig zu machen. Oder weiter mit einem Zollstock die Rasenkante zu schneiden. Ich wurde modern. Mein neuer Weltgeist kollidierte mit dem spießigen Kleingeist der rund 300 Parzellen. Ich ließ die Kleingartenanlage hinter mir. Und mit ihr meine Kindheit.

Noch viel später fing ich damit an, meine Wochenenden vor irgendeiner Friedrichshainer Tür stehend zu verbringen, mit Zigarette im Mund und heruntergesetzten H&M-Schuhen an den Füßen, um am Ende in einer überfüllten, aber durch und durch hippen Raucherkneipe Schnaps zu trinken. So dachte ich, wäre es richtig. Die Freiheit bestellt Schnaps und lässt die Asche auf den Boden fallen.

Ich blicke zu Bruno, der mit Kopfhörern unter einem Baum steht und dem Anschein seiner leicht schunkelnden Bewegung nach etwas Schönes hören muss. Mit einem Augenzwinkern habe ich ihm zum Geburtstag ein kleines Büchlein von Klaus Modick über Leonard Cohen geschenkt. Ein Augenzwinkern deswegen, weil Bruno Leonard Cohen ganz toll findet und sein Gesicht mal zu Stein wurde, als ich sagte, ich war, bis ich ihn traf, davon ausgegangen, Leonard Cohen wäre ein Schriftsteller. Ich blicke zu meinem Sohn, der sich ein Stück Parkett gegriffen hat und damit auf dem Rasen spielt. Ich beobachte ihn begeistert, Bruno genauso, weil es wahrscheinlich nichts Schöneres auf der Welt gibt, als seinem Kind dabei zuzusehen, wie es konzentriert mit etwas beschäftigt ist, was es noch nicht versteht. Im Stillen hoffe ich, er wird nicht so schnell über 1,60 m groß werden.

* * *

Im Nebenort gibt es einen Bäcker. Als ich das erste Mal das Geschäft betrete, haut mich das Angebot regelrecht um. Die ganze Auslage ist voll mit Sahnetorten und Kuchen, deren Etiketten verraten, sie sind nach alten Mönchsrezepten gebacken. Die Leute draußen stehen Schlange wie bei einem Konzert. Der Geruch in dem Laden ist natürlich einmalig. Sowieso mag ich Backgeruch lieber als Kochgeruch. Nie im Leben würde ich deswegen regelmäßig backen. Ich backe nie, außer an Weihnachten Plätzchen mit meinen Nichten. Dafür kaufe ich eine fertige Backmischung, weil Zutatenmessen und -wiegen und -schätzen kompletter Wahnsinn ist, wenn es doch alle Zutaten exakt abgefüllt in einer Packung gibt. Sobald man akzeptiert, man ist kein Kuchen backender Mensch, wird das Leben so viel schöner. Niemals nie, das habe ich Bruno sehr schnell vermittelt, komme ich auf die Idee, in der Küche Dinge auszuprobieren. Im Laufe meiner Mutterschaft brachte ich mir genau eine Tomatensauce bei, welche immerhin die beste der Welt ist, und schätzungsweise drei Gerichte, die ich im wöchentlichen Wechsel, an den Tagen, die ich mit Kochen dran bin, serviere. Essen spielt in meiner Familie keine große Rolle. Wir essen, um satt zu werden, nicht, um es zu genießen. Zehn Minuten dauert ein Mittagessen, niemand bewertet eine Sauce nach Geschmack, niemand möchte wissen, wo das Fleisch herkommt, niemand hat vorher etwas noch nicht probiert. »Bist du satt?«, wird gefragt, nicht »Hat es dir geschmeckt?«. Auf meiner Liste der zu schaffenden Dinge in meinem Leben stehen ein Kochkurs und einen Kuchen für die Kita backen.

Endlich bin ich dran. Als jemand, der mit vier Gerichten, Lieferdienst und Backmischungen zurechtkommt, beeindruckt mich alles, was ich da sehe. Ich zeige auf die Erdbeerschnitten, und dabei entgeht mir nicht, die Verkäuferin hat keine Haare unter ihrer roten Haube. Oder zumindest nur ein paar abrasierte Stoppeln. Als sie sich nach vorne beugt, stößt sie mit ihrer Kollegin zusammen, und mir fällt auf, auch ihre Haare sind unter der Haube rasiert. Ich checke die dritte Verkäuferin aus und den Typ hinter der Kasse. Sie alle haben rasierte Köpfe. Ich denke natürlich sofort an Krebs, jemand von ihnen hat bestimmt Krebs, und weil Krebs und Chemo so schrecklich sind, wollen sie ihren Zusammenhalt ausdrücken, indem sie sich alle den Kopf rasieren. Ich bestelle meinen Kuchen und versuche dabei unauffällig herauszufinden, wer von ihnen besonders traurig und müde aussieht. Mein Sohn fängt an, ungeduldig zu werden. Ich reagiere aber nicht so genervt wie sonst, sondern drücke ihn ganz fest an meine Brust, weil er niemals krank sein soll. »Legen Sie ruhig noch den Bienenstich dazu«, sage ich und bemühe mich, nicht zu laut zu sprechen. Wer weiß, was die arme Verkäuferin gerade durchmacht. Mein Trinkgeld ist großzügig.

***

Für das große Frühstück fahre ich erneut zum Bäcker. Ich habe eine Notiz im Handy, wer was gerne isst. Katja und Walter sind natürlich von der Körnerfraktion. Bruno mit seinem Laugengedöns, und ich bevorzuge ganz klassisch die Schrippe. Hörnchen für die Kinder, aber die ohne Schokolade. Die kleinen Autofahrten helfen mir gegen meine Autoangst; ich bilde mir ein, je mehr Fahrroutine ich bekomme, desto weniger macht es mir etwas aus, bei einem Unfall zu sterben. Außerdem kann ich dann eingeparkt eine E-Zigarette rauchen und dabei ein bisschen Handy machen ohne jemanden, der etwas von mir will. Erst sind es zehn Minuten im Auto gemütlich hinkurven, dann zwanzig Minuten beim Bäcker selbst und zehn Minuten wieder gemütlich zurückkurven. »Fast Car« wird im Radio gespielt, wobei ich sofort an die Busreise in der zehnten Klasse nach Polen denken muss. Ich kann den kompletten Text auswendig, aber es fällt mir trotzdem schwer, mit Tracy Chapman in den Strophen mitzuhalten. Nach dem Lied kommt direkt eine Verkehrsmeldung, die sagt, auf Höhe der Abzweigung Müncheberg würden Kinder auf der Fahrbahn laufen. Was zum Teufel … Ich fahre sofort langsamer, obwohl Müncheberg schätzungsweise eine Stunde Autofahrt von mir entfernt liegt.

Angekommen, sicher eingeparkt. Die Schlange ist heute wieder richtig lang; es muss sich rumgesprochen haben, eine der Verkäuferinnen hat Krebs. Gut, es könnte auch wegen der guten Auswahl an Brötchen und Kuchen sein, aber mich lässt das mit den rasierten Köpfen nicht mehr los. Kurz frage ich mich, was ist, wenn es doch Nazis sind. Gibt welche in Brandenburg. Sind Nazis Bäcker?

Walter hatte die Idee, zwischen uns beiden Familien eine Gemeinschaftskasse aufzumachen, sodass alles, was wir für die

Gemeinschaft bezahlen, gerecht geteilt wird. Walter arbeitet bei einer NGO, die WG-Zimmer für geflüchtete Menschen organisiert, und verwaltet dort die Spendengelder. Der hat es also drauf, mit Geld umzugehen. Mir ist alles, was mit Geld zu tun hat, höchst unangenehm. Ich würde mich niemals trauen, das Geld für die Brötchen bei allen einzusammeln. Ich will überhaupt nie über Geld sprechen.

Damals musste ich Bruno erst noch erzählen, wie wenig Geld ich hatte. Wochenlang hatte ich es draufgehabt, dieses Thema zu umgehen, bin hübsch mit ihm essen gewesen, Sushi und alles. Danach tagelang nur Cornflakes zum Abendessen, als wäre ich die lebendig gewordene Carrie Bradshaw aus *Sex and the City*, die Prada-Schuhe gekauft hat und dann alle möglichen Posten von ihrer Einkaufsliste streicht. Eigentlich mochte ich *Sex and the City* nie besonders.

Als dieser Schwangerschaftstest dann positiv war, musste ich damit rausrücken. Es schien mir nicht fair, meinen Dispo noch länger vor Bruno zu verheimlichen, obwohl ich bisher fand, es gehe ihn nichts an. Ganz tief drinnen war es mir aber eigentlich peinlich vor ihm, weil ich mir nicht vorkam wie eine gestandene Frau, sondern eher wie ein kleines Mädchen, das sein Taschengeld gleich beim nächsten Kiosk verballerte. Reingeraten bin ich in den Dispo, weil kein Gehalt von meinem Schreiben reinkam. Ich schrieb vor allem Blogartikel für Online-Magazine, die allesamt kein Honorar abwarfen. Gepaart mit dieser schrecklichen Angewohnheit, alles, was doch reinkam, sofort wieder auszugeben. Meine Praktikantenstelle ging zu Ende. Ich hatte den Traum, einen Roman zu schreiben, und wollte alles, nur nicht einsehen, es würde nicht klappen. Monatelang werkelte ich an meinen Seiten über einen sechzehnjährigen Jungen in einer Vorstadt von London, der wahnsinnig künstlerisch begabt ist und Street Artist wird. Am Anfang begeht eine Frau Suizid. Wie Virginia Woolf einst läuft sie ins Wasser, Möwen kreisen über ihrem Kopf, Wellen schlagen, und den Rest des Buches über muss man raten, wer sie war. Vincent – ich fand den Namen sehr gut für einen Protagonisten – wächst bei seiner Tante auf, weil seine Mutter das Krebs-Los gezogen hat und sein Vater sich vor Trauer um die Mutter nicht mehr um den Sohn kümmern kann. Vincent zieht irgendwann nach London und verliebt sich in Jen, die auch von der Mutter verlassen wurde. Der Schmerz verbindet sie.

Mit einem tiefen Gefühl der Erleichterung blickte sie auf das offene Meer, das sich innerhalb ihres Augenwinkels kilometerweit in einem satten Blau erstreckte. Lächelnd schloss sie ihre Augen, lauschte den Wellen, die sich erst langsam erhoben und dann an ihrem höchsten Punkt mit einem gewaltigen Schlag nach unten brachen.

So beginnt der Prolog. Das Geheimnis lüfte ich am Ende. Die Frau, die den Suizid begeht, ist Vincents Mutter, die dem Krebstod zuvorkommt.

Einmal hat Bruno am Todestag von Virginia Woolf versucht, mit mir Schluss zu machen. In einer Bar. Ich hatte die Haare hochgesteckt und einen engen Body mit Gepardenmuster an, weil alles von & Other Stories damals so angesagt war, auch Bodys mit Gepardenmuster. »Das geht auf keinen Fall heute«, habe ich Bruno erklärt. »Generell passt mir Schlussmachen in dieser Woche wirklich überhaupt nicht.«

Die faszinierendsten und berührendsten Worte, die ich jemals gelesen habe, sind die Abschiedsworte von Virginia Woolf in ihrem Brief an ihren Mann.

»Ich glaube nicht, dass zwei Menschen hätten glücklicher sein können, als wir es waren.«

Ich habe den Abschiedsbrief von Virginia Woolf so oft gelesen. Immer und immer wieder. Natürlich mit einem schlechten Gewissen, denn anderer Leute Briefe gehen einen ja eigentlich überhaupt nichts an. Aber was mich daran so beeindruckt, mich wirklich fest in den Arm nimmt: ihre Klarheit kurz vor dem Ende. Ich sagte zu Bruno: »Ich spüre mit Sicherheit, dass ich wieder verrückt werde.« »Was?« »Ach nichts.«

Zu dieser Zeit. Eine Absage nach der nächsten wurde mir von meinem Agenten übermittelt. Einmal hieß es, man glaube mir als Autorin mit Ende zwanzig nicht, wenn ich über einen sechzehnjährigen Jungen schreibe. Und schon gar nicht über einen, der in einer Londoner Vorstadt lebt. Etwas in mir wollte dagegen rebellieren – warum sollte ich das nicht schreiben können? Aber in all den Jahren, die ich Absagen kassierte, muss ich heute gestehen, die meisten Lektoren und Lektorinnen hatten recht. Keinem einzigen nehme ich es übel, auch wenn nichts meinem Selbstwertgefühl mehr geschadet hat, als immer wieder von ihnen zu hören, es reiche einfach nicht. Es war nicht der Stil, nicht die Ideen für Szenen, es lag nicht am Ort oder den Figuren. Ihr Misstrauen gegenüber meinem Buchvorhaben lag woanders begründet, und ich war zu unerfahren, zu sehr geblendet von dem Ziel, auf meinem Buchdeckel müsse »Roman« stehen. Kluge Lektoren und Lektorinnen haben früh erkannt, was ich nicht wahrhaben wollte: Ich schrieb einfach im komplett falschen Genre.

Meine Eltern, die meine Krankenversicherung zahlten, waren damals abwechselnd besorgt oder genervt von mir, obwohl sie mal so stolz gewesen waren, dass ich als Erste in der Familie aufs Gymnasium ging. Einmal hatte ich sehr viel Geld, da kam plötzlich eine Nachzahlung von der Krankenkasse reingeflattert, bestimmt 1000 Euro, und ich schrammte mal wieder für eine gewisse Zeit knapp an meinem Ruin vorbei. So lief das. Mein Bankkonto habe ich irgendwann gar nicht mehr angeschaut, Briefe tagelang nicht geöffnet. Manchmal über Wochen nicht. Bis dann der zweite Brief nach dem ersten Brief kam und ich erleichtert feststellte, man konnte sogar noch auf einen dritten Brief warten. Die GEZ lässt sich viel Zeit mit ihren Mahnungen, während die Krankenkasse sofort auf der Matte steht, wenn sie Geld möchte. Ich war fast 30 Jahre alt und bekam es einfach nicht auf die Reihe, Geld zu verdienen. Vielleicht hätte man mir als Dreißigjährige meine Naivität noch nachgesehen, aber als dreißigjährige Mutter doch nicht. Als Mutter musste man in der Lage sein, Briefe zu öffnen. Dem Kind Stiefel zu kaufen oder eine dicke Jacke mit Daunen.

Die ersten Tage nach dem positiven Schwangerschaftstest war erst mal jeder so mit sich beschäftigt. Bei mir ratterten die Geldsorgen, der Roman, von dem ich nicht wusste, wie es damit weitergehen sollte, bei Bruno wer weiß was. Wenn Bruno und ich das nicht schaffen, stehe ich blöd da. Wenn wir es nicht schaffen, weil er abhaut, stehe ich noch viel blöder da. Immer wieder kreiste das in meinem Kopf umher. Und heute? Nächste Woche werde ich 34, und im Kofferraum unter einer Decke verstecke ich einen Eichhörnchenkorb. So viel dazu.

Wir waren nur ein paar Wochen vor dem Schwangerschaftstest im Gorki-Theater gewesen, wo »Kleiner Mann – was nun?« von Hans Fallada aufgeführt wurde. Johannes Pinneberg schwängert die Emma Mörschel, genannt Lämmchen. Sie kommen aus der Arbeiterklasse, draußen tobt die Weltwirtschaftskrise, und dann müssen sie es schaffen, nicht ihre Wohnung zu verlieren. Johannes Pinneberg fängt in einem Laden für Anzüge an. Er zieht sich ein Sakko nach dem anderen über. Bestimmt stand er mit zehn Sakkos schwitzend vor uns auf der Bühne. Kurz vorm Ersticken, so richtig verzweifelt, weil bloß nicht arbeitslos werden und irgendwie Frau und Kind ernähren, da musste ich aufpassen, die samtigen Theatersitze nicht nasszuheulen.

Lämmchen sagt zu Johannes: Wir schaffen das schon. Also ungefähr so hat die Schauspielerin es gesagt. Mich hat das beeindruckt, weil sie bereit war, sich zu behaupten, bei allem, was auf sie zukommt. Und ich sage das zwei Monate später zu Bruno, also, ich sage: »Wir schaffen das schon«, aber er guckt mich nicht so an wie der Pinneberg sein Lämmchen, er rennt auch nicht meinetwegen die Treppe zurück hoch, um mir einen Heiratsantrag zu machen. Deswegen sitze ich an Tag drei nach dem positiven Test auf dem Balkon und will, dass, was in mir drin ist, weggeht.

Bruno steht mit den Händen in den Hosentaschen neben dem Sohn, der die Rutsche hochklettert, als ich vom Brötchenholen zurückkomme. Murkel haben wir ihn im Bauch genannt, als der Name noch nicht feststand. So wie Lämmchen und Pinneberg ihr ungeborenes Kind. Mit dem Schuh streicht Bruno über den Boden. Ich sehe immer genau, wenn Bruno gerade einen Zwang im Kopf hat. Er wirkt meistens sehr abwesend, hat die Hände in den Taschen und kriegt gar nichts um sich herum mit. Bruno ist sauer auf sich selbst, wenn er etwas gesehen hat, wo er eigentlich nicht hingucken wollte. Ich packe den Korb auf den Tisch. Walter sagt: »Vielen Dank, schreibst du den Preis für die Brötchen in die Gruppe?« Es sind nur sechs Euro plus vier Euro Trinkgeld, deswegen winke ich ab, weil ich mir komisch dabei vorkomme, so wenig Geld in Rechnung zu stellen. »Und hast du es rausgefunden? Krebs oder Nazis?« Im Augenwinkel beobachte ich Bruno. Es ist das erste Mal, dass ich auf dem Campingplatz sehe, dass er was sieht. Ich möchte nicht enttäuscht sein und bin es trotzdem. Bescheuert, zu denken, hier auf dem Campingplatz gäbe es keine Zwänge.

»Bin für Krebs«, sage ich.

***

Es ist mein 34. Geburtstag. Ich teile ihn mir mit Sandra Bullock und Mick Jagger. Natürlich möchte ich mein Älterwerden auf dem Campingplatz feiern. Bruno hat mir einen Deckenschlafsack geschenkt, damit ich nachts im Wohnwagen nicht mehr friere. Ich habe mich sehr über das britisch anmutende Karomuster gefreut, die Rückseite der Decke ist braun, und alles daran sieht flauschig aus. Ein Schlitz ist drinnen, weil Bruno beim Öffnen des Kartons mit dem Messer zu weit rein ist. Der Schlitz wurde sofort mit Gaffa behandelt. Um Bruno zu zeigen, wie sehr ich mich über den Deckenschlafsack freue, bin ich sofort reingeschlüpft.

Mama und Burghard sind eingeladen. Und natürlich mein Bruder und meine Schwägerin Verena, mit den beiden Mädchen. Meinen besten Freund Christoph und seine Freundin Bahar holen wir mit dem Auto ab. Mein Vater hat am Morgen angerufen und mir alles Gute gewünscht, Neele hat ebenfalls angerufen und schief »HappyBirthdayliebsteJudithduhasteinenWohnwagen« gesungen, und Hannes schrieb eine Nachricht: »Dir nur das Beste zu deinem Geburtstag. Älterwerden ist scheiße und genial zugleich, dein alter Freund.«

Die Geburtstagsgesellschaft ist klein, aber das finde ich an so einem schönen Sommertag, der nicht drückend heiß ist, sehr gemütlich. Katja und Walter sind in den Urlaub an die Ostsee gefahren, wir dürfen auf ihrer Seite sitzen, weil wir immer noch keinen richtigen Tisch und nicht genug Stühle haben. Ein bisschen bin ich aufgeregt, nicht wegen meines Geburtstags, sondern weil es das erste Mal ein Tag mit Gästen auf dem Campingplatz ist. Ich bin gespannt, wie mein Bruder die Anlage und den Wohnwagen findet. Bisher hat er nur Fotos von mir geschickt bekommen; die nicht so hübschen Stellen habe ich natürlich weggelassen. Die Bodenflecke im Rasen, der Rost am Stromkasten, die nicht fertiggestellten Ecken vom Wohnwagen. Die Meinung meines Bruders ist mir wichtig, weil er mir wichtig ist.

Noch bevor mein Bruder sich umsieht, überreicht er mir ein Geschenk. Er ist nicht der Typ, der Geschenke einpackt, nicht mal der Typ, der sich dafür entschuldigt, aber er ist künstlerisch sehr begabt, wie alle Männer in unserer Familie. Die Karte hat er selbst mit Aquarellfarben gemalt, der Schriftzug ist gelettert, die Mädchen haben herzallerliebst mit zwei unterschiedlichen Farben unterschrieben. Das Geschenk ist ein Buch, es heißt *Erzähl mir vom kleinen Angsthasen. Die schönsten Kindergeschichten der DDR*. Ich kenne das Buch, erkläre ich. Ich wollte es mir immer mal kaufen, habe es aber nie gemacht.

»Was für ein wundervolles Geschenk«, sage ich.

»›Heiner und seine Hähnchen‹ ist auch drin«, sagt mein Bruder.

Ein Bilderbuch, welches meinem Vater gehört hatte, in

dem wir als Kinder in der Stube vom Gartenhaus immer blätterten. Heiner kümmert sich um seine drei Hähnchen. Die sollen es schön sauber haben, weshalb Heiner ihnen immer frischen Sand besorgt. Einmal sieht Heiner dann aber so viel Aufregendes auf seinem Weg zum Strand, er vergisst völlig die drei Hähnchen. Ein zitronengelber Schmetterling treibt ihn noch weiter fort, bis Heiner von der ganzen Rennerei erschöpft schließlich am Strand einschläft. Derweil machen sich die drei Hähnchen furchtbare Sorgen um Heiner und gehen auf die Suche nach ihm. Am Strand finden sie Heiner schlafend und denken, er sei extra wegen ihnen so weit gelaufen, um den besten Sand zu bekommen. Heiner schämt sich, weil die Hähnchen so freundlich mit ihm sind, ihn sogar loben, dabei hat er sie doch eigentlich vergessen. Ach, denkt Heiner, ihr lieben Hähnchen. Und er nimmt sich vor, ab sofort wirklich den allerbesten Sand für die Hähnchen zu suchen, selbst wenn er dafür noch viel weiter laufen muss.

Ich blättere die Geschichte auf, weil die Kinder fordern, jemand müsse doch vorlesen, wenn da plötzlich ein Geschichtenbuch auftaucht. Und wieso sollten Erwachsene ein Kinderbuch geschenkt bekommen? »Damit man sich wieder ein bisschen wie ein Kind fühlen kann«, erkläre ich. »Und es ist spannend, wie man etwas als erwachsene Person findet, was man als Kind ganz toll fand.« Ich lese also die Geschichte von Heiner und seinen drei Hähnchen vor, die Kinder versammeln sich um mich, der Junge krabbelt ganz selbstverständlich auf meinen Schoß wie auf einen Platz, der nur ihm gehört. Ein kleiner Kuss, dann geht es los. Als wir fertig sind, frage ich laut, wer Kuchen möchte. Die Kinder stürmen zum Tisch. Nur meine jüngste Nichte nicht. »Warum bekommt denn der Heiner am Ende keinen Ärger dafür, dass er die Hähnchen vergessen hat?«, fragt sie.

»Weil der Heiner von ganz allein ein schlechtes Gewissen bekommt und selbst herausfindet, wie er es beim nächsten Mal besser machen kann.«

Wir sitzen um meinen Geburtstagstisch. Die Nachbargeschwister sitzen plötzlich wieder ganz selbstverständlich mit dabei. Das Kuchenessen ist schon in vollem Gange. So viele Teller und Tassen, mit so viel Kuchen darauf, der Tisch biegt sich in der Mitte quasi schon nach unten. Bruno hat gesagt, ich habe viel zu viel Kuchen gekauft, die Bäckerin muss heute ja besonders schwach ausgesehen haben. Er glaubt, ich spinne wegen des Bäckers. Über uns zieht sich der Himmel mit Wolken zu, die Tischdecke, die ich extra zu Hause noch gebügelt habe, bekommt einen gräulichen Schimmer.

»Mein Bruder hat einen Penis«, sagt der Nachbarsjunge mit halb vollem Mund zu mir. »Den habe ich gesehen.« Ich lege meinen Kopf zur Seite und schaue interessiert. Ich wusste gar nicht, dass er sprechen kann. Der Nachbarsjunge schluckt runter. »Mein Papa hat auch einen Penis. Bei meinem Opa bin ich mir nicht sicher. Der hat immer Hosen an.«

Meine Mutter fragt währenddessen die ältere Nichte, ob sie Schlagsahne möchte, die Nichte sagt Nein, meine Mutter fragt noch einmal zur Sicherheit. Die Nichte ist sich sicher, keine Schlagsahne zu wollen, meine Mutter steht aber trotzdem auf und holt die Schale mit der Schlagsahne. Ich frage mich, ob ich noch ein paar Nachbarn hätte einladen sollen. Also wenigstens aus Höflichkeit. Ich bringe Günther ein Stück Kuchen, der sagt Danke und fragt, ob »Vattern ooch da ist«. Dass Burghard nicht mein Vater ist, habe ich noch nie berichtigt, weil Günther bei der ersten Begegnung so überzeugt war, er wäre mein Vater, und jetzt ist es irgendwie eigenartig nach all den Wochen, diese fälschliche Annahme klarzustellen. So wie Jochen ganz selbstverständlich davon ausging, Bruno und ich wären verheiratet, weshalb er ihn immer als meinen Mann bezeichnet. Wir haben ein Kind und einen Wohnwagen, klar. Ich habe mich nicht erklärt und nenne Bruno deswegen die ganze Zeit »meinen Mann«, wenn ich auf dem Campingplatz von ihm spreche. Burghard also mein Vater, Bruno mein Ehemann. Schon eigenartig.

Der Tag ist ein guter Geburtstag, mein bester Freund Christoph und die Kinder spielen irgendwann alle mit einem Ball, mein Bruder steht zwischen zwei Bäumen, die als Tor fungieren. Bruno ist oben im Bahnhof. Ob ein Geschwisterkind einen Vorteil gegenüber einem Einzelkind hat, diskutieren wir Frauen am Tisch. Natürlich mein Thema, aber ich halte mich bedeckt. »Mit nur einem Kind ist es leichter, Beruf und Familie zu vereinbaren«, sage ich vorsichtig, wenn auch überzeugt; zum Glück ist Bruno gerade nicht anwesend. Mir hat mal eine Psychologin, die ich auf einer Lesung getroffen habe, erzählt, Einzelkinder hätten eine sehr viel innigere Beziehung zu ihren Eltern als Geschwisterkinder. Darüber habe ich lange nachgedacht. Der Gedanke gefiel mir. Auch wenn ich überzeugt bin, Geschwisterkinder bringen viel Gutes.

Mein Bruder hat mich mal beinahe umgebracht, so erzähle ich die Geschichte jedenfalls heute. Im Garten hing am Kirschbaum eine Dartscheibe, die wir mit richtigen Dartpfeilen bewarfen. Nicht diese Plastikteile, wie man sie heute gern benutzt, sondern richtig spitze Metallpfeile, die man zwar heute noch kennt, aber mit denen man ganz sicher keine Kinder allein spielen lassen würde. Jedenfalls traf mich so ein Pfeil direkt zwischen die Augen. Mein Bruder fand ein bewegliches Objekt sehr viel spannender als eine am Baum befestigte Scheibe. Der Pfeil traf und blieb stecken. Mit dem Dartpfeil in meinem Gesicht liefen wir zu Oma Karin, der sofort alles aus den Händen fiel. Ein Kirschkuchen, der jetzt zermatscht auf dem Boden lag. Sie schrie: »Wolfgang!« Opa Wolfgang kam und schrie »O Gott!« Sie setzten mich auf einen Stuhl und begutachteten mein Gesicht mit dem Pfeil drin. Es blutete gar nicht.

»Noch nicht«, sagte Opa Wolfgang.

»Vielleicht blutet es, wenn wir den Pfeil ziehen«, sagte Oma Karin und schaute dabei ganz besorgt.

»Kommt dann auch Gehirn raus?«, fragte mein Bruder, und niemandem entging die Aufregung in seiner Stimme.

Nach genauer Betrachtung kam Oma Karin zu dem Schluss, die Pfeilspitze stecke unter meiner Haut, zumindest nicht tief in meinem Kopf. Ich war noch sehr jung, vielleicht sechs oder sieben, medizinisch wenig fachkundig, aber das klang für mich sehr beruhigend. Der Pfeil wurde vorsichtig von Oma Karin gezogen, nur ein kleiner Piekser, mehr nicht. Mein Bruder sah enttäuscht aus. Geschwisterkinder. Wie könnte ich meinem Sohn jemals so etwas vorenthalten?

Der Tag geht zu Ende, und die Gäste fahren wieder nach Hause. Meine Mama und Burghard nehmen Christoph und Bahar mit. Ich bestehe darauf, eine Nachricht zu bekommen, wenn alle angekommen sind.

AUGUST

Die schlimmste Autofahrt, die ich je durchgemacht habe, war eigentlich nicht in einem Auto, sondern in einem Bus. Die Aussicht aus dem Fenster im oberen Deck war schön und hatte richtig Touri-Qualitäten. Im Prinzip kann man sich den teuren Sightseeingbus sparen und so manch gute Sehenswürdigkeiten mit dem stinknormalen Linienbus M29 erreichen. Wer am Hermannplatz einsteigt, der kommt erst mal am vom Schwänen besetzten Kanal vorbei, fährt direkt durch das hippe Kreuzberg und ist nur ein paar Haltestellen entfernt vom reichlich beknackten Potsdamer Platz. Danach Ku'damm mit piekfeinen Leuten vor dem KaDeWe zur Linken, wenig später das Café Kranzler zur Rechten. Vorbei am Marmorhaus, wo früher ein Kino war und ich *Titanic* mit meiner Mutter gesehen habe, weil es im Zoopalast gegenüber keine Tickets mehr gab. Heute ist da MUJI drin. Ich bin überzeugt, jeder Mensch braucht einen Moment im Leben wie Rose, als sie aus dem Rettungsboot springt. Trotz der schönen Fahrt, dem angenehmen Ruckeln, der warmen Luft, dem Vater, der vor mir saß und mit seinen Kindern Autos zählte, drückte ich mich angespannt in meinem Sitz. Ich hörte auf Repeat »A Lady of a Certain Age« von The Divine Comedy, ein Lied, das mir Bruno gezeigt hatte und das ich, seitdem mein Bauch größer wurde, regelrecht suchtete. Es war November, und ich war auf dem Weg zum Jobcenter, weil ich gesetzlich dazu verpflichtet war, mich auf

Einladung dort blicken zu lassen, was ich beim ersten Mal versäumt hatte. Sie wollten mir das Geld kürzen. Ein paar Wochen zuvor hatte ich Hartz IV beantragt. Bis zur Geburt wollte ich mein Buch fertig schreiben, einen anderen Job hätte ich nicht mehr machen können. Mit der Kopie des Mutterpasses hatte ich mir Zeit gelassen. Es war eigenartig gewesen, einer mir völlig fremden Beamtin zu beweisen, dass ich wirklich schwanger war. Noch viel eigenartiger war es, dass die fremde Beamtin, deren Namen ich nur von einem Schreiben kannte, meinen Regelbedarf um 17 % erhöhte. Und mir sogar einen Teil der Erstausstattung wie den Kinderwagen gutschrieb. Alles, was ich dafür tun musste, war, einen Antrag auszufüllen und dann alle paar Wochen kurz beim Jobcenter vorbeizuschauen.

Ich schaute auf die Anzeigetafel im Bus, die Grunewald als Endziel anzeigte. Grunewald, das ist die Gegend mit den Villen. Irgendwie bekloppt: Ausgerechnet Jobcenter und Villenviertel liegen auf einer Buslinie. Je näher ich der Rudi-Dutschke-Straße kam, desto unruhiger wurde ich in meinem Sitz. Der Weg zum Jobcenter war ungefähr derselbe Weg wie der zu meiner Frauenärztin. Ich hatte mit Blick auf meinen Termin bei meinem letzten Frauenarztbesuch schon versucht, nicht links aus dem Fenster zu sehen, als der Bus am Gebäude des Jobcenters vorbeifuhr. Ich fühlte mich wie vor einer Klausur, für die ich nicht gelernt hatte, grausam.

Der Bus hielt, und ein paar Menschen stiegen aus. Ich blieb sitzen. Ich konnte es einfach nicht noch mal. Nicht noch mal da rein, mit dieser gebückten Haltung. Nicht noch mal da rein, am Empfang meine Einladung zeigen. Nicht noch mal da rein und versuchen, nicht eine von denen zu sein. Die Türen vom Bus schlossen wieder. Erst bei der nächsten Haltestelle stieg ich aus: Checkpoint Charlie, der ehemalige Grenzübergang zwischen Ost- und Westberlin. Heute sieht man hier Touris, die neben einem verkleideten Russen oder Amerikaner an einer nachgebauten Schranke posieren. Sofort befreite mich der Anblick der Menschen, die gar nicht viele waren, aber genug, damit ich mich unter ihnen herrlich anonym fühlen konnte. Es war unangenehm kalt, trotzdem blieb ich draußen und genoss noch ein paar Minuten die wärmende Menschendecke. Lieber wollte ich eine Touristin in meiner eigenen Stadt sein als eine schwangere Arbeitslose auf dem Weg zum Jobcenter. Tiefpunkt. Wie eine ganz normale Touristin stand ich also da, als eine, die nicht ihr Leben gegen die Wand gefahren hatte und gerade dabei war, ihrem Kind den denkbar schlimmsten Start ins Leben zu geben. Mit einer Mutti auf Amt. Vielen Leuten hatte ich es überhaupt nicht erzählt. Meinen Eltern natürlich schon. Die waren erleichtert gewesen, dass nun endlich regelmäßig Geld reinkam und sie mich nicht mehr länger durchbringen mussten. Da wurde mir erst mal so richtig klar: In all den Jahren, die sie mir ausgeholfen hatten, hatte mich keiner von beiden jemals gefragt, wie lange das noch so gehen solle. Sie wollten so viele Schichten arbeiten, wie es nötig war, damit ich meine hirnverbrannten Träume wahr werden lassen konnte. Damit es mir mal besser gehen würde als ihnen.

Ich musste das eigentlich mit dem Roman sein lassen. Ich musste meine Finanzen in den Griff bekommen, ich musste das mit dem Kind hinbekommen, ich musste auf Neustart drücken. Mich und das Kind absichern für den Fall, Bruno und ich würden es bis zur Geburt nicht schaffen. Ich lief zum Eingang des Museums und kaufte mir ein Ticket. Mein Blick fiel sofort auf eine Mutter mit ihrer Tochter, die ein ausgestelltes Flucht-

Objekt begutachteten. Ein Opel P4. Ob der noch fuhr? Die Wände des Museums waren vollgehängt mit Schwarz-Weiß-Fotos und Schrifttafeln. Es gab präparierte Autos, Koffer, Heißluftballons, gefälschte Pässe. Der Leidensdruck Hunderter Menschen nebeneinandergesetzt in einem einzigen Gebäude. Da lief ich also dran vorbei, versuchte, nicht an das Jobcenter zu denken, und wusste eines ganz sicher: Ich bin nur ein Moment in der Geschichte der Welt.

Meine Eltern hatten damals ein paar Freunde, die in Autos versteckt über Ungarn nach Bayern geflüchtet waren. Wenn ich sie als Kind fragte, warum wir nicht auch geflüchtet seien, bekam ich die Antwort, sie hätten es sich mit zwei kleinen Kindern nicht getraut. Die Angst war zu groß, man hätte uns ihnen weggenommen. Es gab Gerüchte von Heimen, in die Kinder kamen, wenn die Eltern verhaftet wurden. Außerdem hatte man die Großeltern nicht zurücklassen wollen, die man vielleicht nie wiedergesehen hätte, wenn die DDR das war, was sie versprach. Überlegenheit.

Ich verließ das Museum und lief auf direktem Weg zum Jobcenter. Und alles daran ist so schrecklich, wie man es sich vorstellen kann: ein schweißiger Geruch, Bodenkacheln, auf denen man zum Schalter rutschen soll, Menschen, die einem nicht geheuer sind, raschelndes Papier, ein Schild mit einem Pfeil zum Klo. Der Schnitt vom Museum zum Jobcenter hätte nicht deutlicher sein können.

Ich zeigte am Eingang meine Einladung. Zur Sicherheit hatte ich sogar noch eine Kopie des Mutterpasses dabei, eingesteckt in einer Klarsichtfolie. Ich schämte mich für das Papier, das ich hinhielt, aber der Mann in einem schwarzen Anzug nahm den Brief ganz entspannt in die Hand, winkte mich durch und machte keine Anstalten, irgendetwas zu mir zu sagen. Der hatte es echt drauf, mich nicht so verurteilungsmäßig anzuglotzen. Zum ersten Mal, seit ich in den Bus gestiegen war, fühlte ich mich getröstet, obwohl der Mann kein Wort zu mir sagte, sondern nur nickte. Meinen Rucksack hielt ich vor meinen Bauch, weil ich nicht wollte, dass jemand die Umstände sah, deretwegen ich hier war. Weil es nie egal ist, wie Menschen einen anglotzen, wenn man gerade einen verletzlichen Moment hat.

Die Treppe rauf, dann links in den Flur mit den acht Türen, die alle gleich aussahen. Alle paar Türen gab es eine Reihe von Stühlen, die an die Wand geschraubt waren. Nichts hing an den Wänden, keine Plakate, keine Bildschirme, nicht mal Schilder.

Trotz meines Ausflugs ins Museum war ich überhaupt nicht zu spät. Ich klopfte an die Tür des Zimmers mit dem Buchstaben meines Nachnamens. Das Büro sah fast exakt so aus wie der Flur, nur eben als Büro. Teppichboden, ein Tisch, drei Stühle. An der weißen Wand hing ein Abreißkalender, auf einem kleinen Tisch neben der Tür zum Nachbarbüro stand eine Kaffeemaschine. Es wäre schon genial gewesen, in einem langweiligen Flur zu sitzen, dann eine langweilige braune Jobcentertür zu öffnen und plötzlich in einem Zimmer mit so was wie einem Motto zu stehen. Karneval zum Beispiel für alle Nachnamen O bis R. Überall Ballons, und der Sachbearbeiter trägt ein Clownskostüm, und dann muss man erst mal an seinem Finger ziehen, bevor man sich hinsetzen darf. Aber das Jobcenter hatte vermutlich kein Geld für so was, denn die mussten ja mir Geld geben, weil ich keins hatte. Ich setzte mich auf den schwarzen Lederstuhl mit einer Armlehne aus

Metall, ohne meine Jacke auszuziehen. Ein schlecht gelaunt aussehender Mann saß in seinem Bürostuhl und stellte sich als Herr Meyer vor. *Ich gehöre nicht in jeden Stuhl, in dem ich sitze.* Er tippte was in seinen Computer und fragte wie einer, der fragen musste, wie es mir so gehe. *Joa, abgesehen von den Existenzängsten und Hämorrhoiden eigentlich ganz gut.* Ich wünschte, ich hätte es draufgehabt, schlagfertig zu sein. Aber ich war vor Scham in diesen Ledersuhl gesunken und ungewöhnlich wortkarg. Vielleicht konnten die mich einfach bis zur Geburt hierbehalten, damit ich nicht noch mal durch dieses Gebäude laufen musste. Wieso auch sollte ich aufstehen und irgendwo hinlaufen? Ich wollte nicht mehr aufstehen, da raus und sinnlos meinen Zielen nachjagen. Ich wollte sitzen, einfach nur sitzen.

»Also, Frau Poznan«, sagte er und schaute auf den Bildschirm, als bräuchte er ganz dringend eine Brille. Im Nebenbüro klingelte alle zwei Minuten ein Telefon.

Ich gehöre nicht in jeden Stuhl, in dem ich sitze.

»Sie haben angegeben, Sie wollen ein Buch schreiben.«

Ich gehöre nicht in jeden Stuhl, in dem ich sitze.

»Ja. Ich habe jetzt sogar eine Agentur in München, die mir dabei helfen soll, das Manuskript an einen Verlag zu verkaufen.« Wie lächerlich dieses Vorhaben eigentlich war, leuchtete mir spätestens bei diesem beknackten Satz ein. *Oh, sie hat eine Agentur, die Frau Autorin wird ganz sicher erfolgreich. Scheiße, scheiße, scheiße, alles scheiße.* Anderen ging es noch viel schlechter, sie hatten weniger Chancen, noch mehr Schulden, aber so funktioniert Selbstzerfleischung nicht. Selbstzerfleischung möchte dich ganz allein in ein Boot setzen und mit einem kopierten Mutterpass auf den Ozean schicken.

Ich blickte nach unten und pulte an dem Ledersitz, der eine

kleine ausgefranste Stelle hatte. Ich versuchte mich zusammenzureißen.

»Mensch, Frau Poznan, das sieht doch gut für Sie aus. Das wird bestimmt klappen.«

Sein Gesicht sah ich nicht, weil ich meinen Blick weiter nach unten richtete, aber doch, er hörte sich zuversichtlich an. Er hörte sich zuversichtlicher an, als ich es jemals überhaupt war. Ich musste schlucken und legte unauffällig eine Hand auf meinen Bauch.

»Sie schaffen das schon«, fügte er hinzu.

Und dann konnte ich meine Augen nicht mehr überzeugen, die Tränen zurückzuhalten. Musste ja so kommen. Heulen im Jobcenter. Ich wusste genau, ich würde das Buch nicht mehr bis zur Geburt schaffen. Die Tränen flossen, nur unterbrochen von kleinen Schluchzern, und ich konnte rein gar nichts machen, um es aufzuhalten. Mein Versuch, im Jobcenter nicht auseinanderzufallen, war nicht gerade ein durchschlagender Erfolg. Herr Meyer sagte nichts, und ich hörte, wie er sich in seinem Stuhl entweder nach vorne oder nach hinten beugte. Als Nächstes hörte ich ein Rascheln und sah, wie sich kurz darauf ein Taschentuch in mein Blickfeld schob. Dass er das gleich griffbereit hatte, überraschte mich. Zum ersten Mal schaute ich ihm in die Augen.

»Weinen hier viele?«, fragte ich.

»Manchmal. Machen Sie sich keine Sorgen deswegen.«

Für einen Moment konnte ich durchatmen. Dann sah Herr Meyer wieder auf seinen Bildschirm.

»Eine Einladung vor zwei Monaten haben Sie nicht wahrgenommen.«

Ich schluckte.

»Kann es sein, Frau Poznan, dass Sie den Brief einfach nicht bekommen haben? Dann kann ich das hier nämlich so eintragen, und Sie bekommen keine Kürzung.« Herr Meyer guckte mich jetzt eindringlich an.

Ich bin keine geborene Lügnerin, aber ganz passabel im Flunkern, also sagte ich: »Nee.« Egal, was ich vorher dachte, was für ein guter Mensch ich sei, es fühlte sich unglaublich gut an, den Staat auszutricksen. Eine seltsame Genugtuung, heulend in einem Lederstuhl zu sitzen, aber die Hand anzunehmen, die mir ein bis eben noch schlecht gelaunter Sachbearbeiter entgegenstreckte.

Nach fünf Minuten verließ ich wieder das Zimmer. Diesmal nahm ich nicht den Fahrstuhl, sondern die Treppen. Der Mann am Eingang war nicht mehr da. Kurz blickte ich in den Empfangsraum mit der Schlange der Erstaufnahme, dann lief ich durch die Glastür. Ich atmete einmal tief durch. Ein Bus fuhr an mir vorbei. Ich nahm den Nächsten.

**

»Zecke!«, schreie ich. »Verdammte Scheiße.«

»Seiße«, wiederholt mein Sohn.

»Richtig scheiße, Mausi«, antworte ich. Am Ohr, fast schon hinter dem Ohr, ist ein kleiner schwarzer Punkt, der da sonst nicht ist und der auch nicht weggeht, wenn ich mit dem Finger drüberstreiche. Vielleicht war es nur eine Frage der Zeit, bis so ein Biest ihn anspringen würde. Ich glaube jedenfalls, Zecken springen. Einen Artikel im Internet hatte ich zu dem Thema gelesen, aber wenn man dann mal so ein Biest am eigenen Kind kleben sieht, denkt man nur noch an Borredingsbums und

Hirnhautentzündung und verdammte Drecksscheiße. Bruno kommt aus dem Wohnwagen gehüpft, und ich sage noch mal: »Zecke!«

»Bist du dir sicher?«

Ich nehme mein Handy und gebe Zecke ein. Sofort sehe ich Bilder von Zecken, aber eben mikroskopisch nah, keine Ahnung, wie die aussehen sollen, wenn sie auf der Haut kleben. Ich dachte, die seien viel größer, aber die Zecke hier hat sich noch nicht mit Blut aufgepumpt, schlussfolgere ich. Ich setze mich ins Gras und hebe den Jungen in meinen Schoß. Katja kommt, guckt auf das Ohr des zappelnden Sohnes, dem die ganze Aufmerksamkeit um seine Person allmählich zu viel wird.

Katja sagt: »Glaube, die ist noch nicht lange drin. Ich habe eine Zeckenpinzette, die kannst du gerne nehmen.«

Ein bisschen ist es mir unangenehm, weil ich nicht selbst daran gedacht habe, so eine Zange zu kaufen. »Ich fasse es nicht, eine Zecke hat mein Baby gebissen«, sage ich.

»Zecken beißen nicht«, sagt Katja und legt ihre Hand auf den Brustkorb für eine bedeutungsvolle Pause. »Zecken stechen.«

Und dann erläutert sie, wie Zecken nach zwei Stunden anfangen, ihren gesamten Magen-Darm-Inhalt samt der Krankheiten in den Menschen zu brechen. Was für ein Konzept. Mich wundert nicht, dass Zecken keine Fans haben. Katja sagt, sie kenne sich vor allem mit Zecken aus, weil ihr Hund früher immer voll mit Zecken gewesen sei. Nervös greife ich nach der Zeckenpinzette, gleich würde es eklig werden.

»Hältst du ihn fest?«, frage ich Bruno.

Der geht mit besorgtem Gesicht in Position, um dem Jungen die Bewegung von Armen und Beinen zu klauen. Das letzte

Mal haben wir die Methode angewandt, als der Junge wegen Fieber ein Zäpfchen brauchte. Wir wissen, gleich wird er auf keinen Fall ruhig bleiben, sondern in alle Richtungen treten und schlagen, aber wir haben die wohl überzeugendste Elternkarte: Wir sind entschlossen. Als ich sehe, wie unruhig der Junge wird, fällt mir ein, ich hatte als Kind auch mal eine Zecke. Von den Wiesen neben dem Garten. Ich glaube, in der Kniekehle.

»Mausi, die Mama muss mal kurz an deinem Öhrchen was gucken. Geht ganz schnell.« Manchmal bin ich überrascht, wie ähnlich meine Stimmlage in Krisenmomenten der meiner Mutter ist. Katja bietet an, sie könne die Beine halten, während Bruno die Arme umgreift. Auf Los geht's los.

»Judith, eine Sache noch«, sagt Katja. »Du musst die Zecke rausdrehen, auf keinen Fall darfst du sie quetschen.«

Vielleicht wäre es besser, ich würde die Pinzette an Katja weiterreichen, aber aus irgendeinem Grund erkläre ich die Angelegenheit zu einer Muttersache. Katja anscheinend auch, weshalb sie mich jetzt anfeuert. »Du schaffst das« und »Bleib ganz ruhig«. Ich fühle mich motiviert und ängstlich, wahrscheinlich so motiviert und ängstlich wie der muskelbepackte Rocky Balboa in Teil 4 vor seinem Boxkampf mit dem Russen. Der Junge versucht sich derweil weinend aus seiner Klemme zu befreien, was es schwer macht, mich auf die Drehen-nicht-quetschen-Technik zu konzentrieren. Ich gehe ganz nah ans Ohr, drehe (glaube ich) und entferne meisterlich (wie ich finde) die Zecke. Der Junge schreit wie am Spieß.

»Das war's schon, Mausi«, sage ich. Ich schmiere die Zecke von der Pinzettenspitze an einem Blatt ab. Kurz frage ich mich, ob ich sie nicht zur Erinnerung aufbewahren sollte. Ich empfinde es ja als meine Pflicht, Erinnerungen für den Sohn zu sammeln, bis er es in seinem Kopf selbst kann. Und natürlich mach ich das auch für mich selbst. Es gibt für mich nichts Unerträglicheres als Vergessen. Vielleicht rührt daher mein Bedürfnis, Augenblicke, so gut es eben geht, festzuhalten. Sie aufzuschreiben, die kleinen alltäglichen Augenblicke, die immer wieder von neuen Augenblicken überschrieben werden. Ich will die Augenblicke konservieren wie Marmelade in einem Glas. Konserviert für das Leben mit grauen Haaren, als Oma mit einer schicken Kette um den Hals, Nachmittage in einem Sessel am Fenster verbringend, auf die Besuche von den Enkelkindern wartend, wenn die Leine der Erinnerung in meinem Kopf längst abgerissen ist. Eine Stelle aus Christa Wolfs *Ein Tag im Jahr* schießt mir dabei in den Kopf. »Alles festzuhalten, wäre nicht zu verwirklichen: Man müsste aufhören zu leben.« Wahrscheinlich das Deprimierendste, was ich je gelesen habe. Wie viele aufbewahrte Kassenzettel und Eintrittskarten reichen, um die Vergänglichkeit aufzuhalten? Die Zecke muss mit rein. Der Junge flitzt schon wieder durch den Garten, als wäre er gerade nicht von zwei Erwachsenen auf den Boden gedrückt worden.

»Du guckst, als würdest du die Zecke in dein Heft kleben wollen«, sagt Bruno.

»Auf keinen Fall. Das wäre doch etwas übertrieben.«

Zu dritt stehen wir nun im Kreis wie vor einer Kneipe. Nervös ziehe ich an meiner E-Zigarette und bin enttäuscht, dass der Junge nach diesem nervenaufreibenden Erlebnis nicht mit mir kuscheln möchte. »Risikogebiet sind wir ja hier nicht. Also für Zecken. Es gibt eigentlich keinen Grund zur Sorge«, murmelt Bruno, als würde er eigentlich nur mit sich selbst reden.

Ich denke, ich rufe trotzdem morgen beim Arzt an, weil Katja gesehen hat, da ist noch was dringeblieben, was sie Rüssel nennt, was wohl nicht weiter schlimm ist, aber mich doch etwas beunruhigt. Aus der Ferne beobachte ich den Jungen, der mir plötzlich gar nicht mehr so klein vorkommt, weil er es immerhin schon so weit von mir weg geschafft hat, dass er sich beim Rennen eine Zecke eingefangen hat. Er trägt eine blaue Leggins und das grüne T-Shirt mit dem Löwen drauf, seine Locken flattern im Wind. Irgendwann wird er allein im Meer schwimmen. Gott bewahre, er wird jemals Auto fahren. Wenn er auszieht, werde ich mir einen Hund kaufen, beschließe ich. Merkwürdigerweise erleichtert mich der Gedanke, später mal einem Hund eine Zecke zu ziehen, wenn kein Kind mehr da ist.

* * *

Als das Linden-Center damals, nicht weit entfernt von der Kleingartenanlage meiner Großeltern, aufgemacht hat, war was los. Egal, an welchem Gartenzaun man vorbeilief, überall hörte man jemanden über das neue Einkaufszentrum sprechen. Shopping im ganz großen Stil war nun im ehemaligen Osten in Hohenschönhausen möglich. Richtig interessant war das für mich nicht. Mein Interesse galt einer anderen Neueröffnung die Straße runter. McDonald's! Einmal haben meine Großeltern meinen Bruder und mich aufgeteilt. Ich bin mit Oma Karin zum Einkaufen gefahren, und Norman blieb mit Opa Wolfgang im Schuppen. Im Anschluss an unsere Besichtigung des neuen Linden-Centers fuhren wir mit den Rädern zu McDonald's. Ein Geheimnis zwischen mir und Oma Karin, weil sie befürchtete, Norman könne missgünstig werden, wenn er erfahren würde, wie ich mir Burger und Pommes reingefahren hatte. Ich fühlte mich ihm bei der Ankunft überlegen, zeigte mich jedoch im nächsten Moment als sehr schwach. Klar, ein Geheimnis behalten vor meinem großen Bruder, keine große Sache. Zwei Minuten. »Ich habe Pommes gegessen und du nicht!«

Als ich meinem Sohn das erste Mal Pommes von McDonald's kaufte, schlang er sie sofort runter. Ein Kind, das Pommes mag, mit dem konnte nichts falsch sein. Zu McDonald's gingen Bruno und ich auch am Ostkreuz, als ich mit ihm nach Hohenschönhausen fuhr. Ich war in dieser besonderen hormonellen Phase des Nestbautriebs und fand es eine gute Idee, Bruno zu zeigen, wo ich herkam. Ich wollte, dass wir einander besser begreifen, und da schien die Platte in der Falkenberger Chausee genau der richtige Ort. Nicht nur die Kleingartenanlage war von hier aus nah, sondern auch die ehemalige Stadtwohnung meiner Großeltern, wobei ich nie richtig verstanden hatte, warum wir sie Stadtwohnung nannten, wenn der Garten doch eigentlich genau um die Ecke war.

Vor der Platte angekommen, erklärte ich: »Lieber Bruno, vielleicht sehr interessant für dich zu erfahren. Den einen Typus von Platte gibt es nicht. Es gibt Querplatten, Einheitsplatten und Mischmasch-Platten. Für Schulen war beispielsweise der Typ Erfurt TS 7 ein Bestseller unter den Plattenbauten. Der Grundriss ähnelte einem H. Lange Flure, in denen sich ein Klassenraum an den anderen reiht. Irgendwie clever, findest du nicht?«

»Okay«, sagte Bruno.

»Für die einen ist der Plattenbau das Wahrzeichen des Ostens schlechthin, wieder andere sehen darin den gescheiterten

Sozialismus. Nicht wenige betrachten ihre Bewohner als eine aufgegebene Unterschicht, die regelmäßig das RTL-II-Programm füttert.«

»Sag mal, hast du das irgendwoher auswendig gelernt?«

»Schsch«, zischte ich. »Ich sehe weder einen bestimmten Bautyp noch eine realsoziale Wirklichkeit. Ich sehe mein erstes Zuhause.«

»Ich fasse es nicht. Wie du gleich ein Referat ausgearbeitet hast.«

Da ganz oben war unsere Wabe, zeigte ich mit dem Finger, unser 50-qm-Wohnglück, Mitte der 80er-Jahre. Kleine Zimmer und papierdünne Wände, an die mein Vater Kinderfiguren aus dem Westen gemalt hatte. Micky Maus zum Beispiel. Wobei ich es heute wahnwitzig von meinem Vater finde, Erinnerungen zu schaffen, die man später überstreicht. Bruno zeigte sich beeindruckt, weniger befremdet, als ich erwartet hatte.

»Früher habe ich mich dafür eigentlich nicht geschämt«, fügte ich hinzu. »Das kam erst mit dem Alter.«

Ich zeigte Bruno den genauen Eingang. Dort war mal eine Frau vergewaltigt worden. Mein Vater und sein Freund, der ebenfalls mit uns in der Platte lebte, kamen kurz danach nach Hause und fanden die Frau auf den Stufen im Treppenhaus. Sofort rannten sie nach draußen und jagten den Vergewaltiger, den sie eben noch gesehen hatten. Sie fassten ihn eine Ecke weiter und schlugen ihn ordentlich zusammen. Was aus der Frau geworden war, wusste ich nicht. Sie war bestimmt in ein Krankenhaus gekommen. Der Mann, das wusste ich, war zweifacher Vater gewesen. Es ist eine jener Geschichten, die meinen Vater für uns Kinder zum Helden machten, natürlich mit dem Einschub, Schlagen sei keine gute Sache. Ein Satz, auf den wohl meine Mutter bestand, denn mein Vater zwinkerte mir zu und küsste seine Faust, was ich urkomisch fand. Bruno zündete sich eine Zigarette an, ich glaube, der Teil mit dem verprügelten Vergewaltiger gefiel ihm am besten. Dann liefen wir los.

»Jetzt musst du nur laut Mandy rufen, und eins von den überschminkten, in Tigerstreifen-Leggins herumlaufenden Mädchen dreht sich zu uns um«, sagte ich scherzhaft zu Bruno, als wir die große Straße überquerten. Und im selben Moment fragte ich mich erneut, warum mir meine Eltern eigentlich einen biblischen Namen verpasst hatten, wo sie doch eigentlich nicht gläubig waren.

Wir liefen in das Linden-Center nebenan, was noch genauso aussah wie in meiner Kindheit, nur weniger neu. Viele Kinder sprangen aufgeregt umher, vor allem kleine Mädchen in blauen Kostümen. Heute war Prinzessinnen-Tag im Linden-Center. Von einer Bühne winkte Elsa fröhlich in die Menge, während eine Frau mit Dauerwelle und herabhängenden Mundwinkeln am Mikrofon sagte, Elsa müsse jetzt gehen, komme aber in einer halben Stunde wieder. Versprochen. Versprochen. Wirklich versprochen.

Nach einer kleinen Runde entschied ich mich für ein Eis und stellte mich in die Schlange. Danach verließen wir das Linden-Center wieder und machten uns auf zur nächsten Tramhaltestelle. Ich blickte zurück auf mein erstes Zuhause, meinen Anfang, dachte an die Enge und wusste, der Neid auf Menschen mit hohen Decken entsteht genau hier. Neid macht einen ja nicht besonders hübsch. Aber wenn man in einer Platte hockt, dann guckt man schon, wie die anderen es so haben. Dann checkt man erst so richtig, wo man eigentlich ist. Eben in einer kleinen Platte. Fest in der Erde stehend wie so ein Baum, unabänderlich steht er da für alle, die noch folgen. Dieses kleine, miese Gefühl, das hochkommt, dass so etwas nicht gerecht ist.

Mein Blick wanderte rüber zu Bruno, der mittlerweile mit seinem Handy beschäftigt war. Unsere Wurzeln konnten unterschiedlicher nicht sein. Natürlich hatten meine Eltern versucht, die Wurzeln, mit denen ich geboren wurde, abzuschneiden, indem sie mit uns in den Westen zogen, aber ich fühlte dennoch die Zugehörigkeit zu diesem ersten Zuhause.

An das Notaufnahmelager in Marienfelde habe ich keine Erinnerung. Aus Erzählungen meiner Eltern weiß ich, wir teilten uns ein Zimmer mit einer anderen Familie, mit denen sie noch ein paar Jahre lang in Kontakt waren; es gab einen Tisch, Stühle und Doppelstockbetten. Wenn es etwas gibt, was meine Eltern vor allem mit dem Lager verknüpfen, dann ist es das: Koffer.

Von dort aus kamen wir in den Westen nach Moabit, zogen in die Werftstraße 18, wo mein Vater eine Hausmeisterstelle bekam, gleich in dem Gebäudekomplex, in dem wir noch bis zu meiner Gymnasialzeit lebten. Meine Mutter arbeitete im Schichtdienst als Krankenschwester auf einer Geburtsstation in einem Reinickendorfer Krankenhaus.

Wir setzten uns an die Tramhaltestelle. »Hast du schon geschaut, welche berühmten Personen in gewöhnlichen Verhältnissen aufgewachsen sind?«, fragte Bruno. Mein Glück mit diesem Mann konnte ich nicht fassen. »Na komm. Wir schauen nach«, sagte er und entsperrte sein Handy. Ich legte meinen Kopf an seine Schulter und streichelte meinen Bauch. »So, wir haben Mariah Carey, Céline Dion, Oprah Winfrey, Eminem, Caspar David Friedrich, James Bond …«

»Welcher?«

»Daniel Craig.«

»Okay, weiter.«

»Hier steht noch Ex-Bundeskanzler Gerhard Schröder ...«

»Nein, der auch?«

»Seine Eltern waren Bauern, steht hier.«

»Danke«, sage ich.

»War jetzt nicht schwer zu googeln.«

»Ich meine für den Tag. Danke, dass du mit mir hier bist.«

Mit der M5 fuhren wir weiter nach Alt-Hohenschönhausen. Der nächste Programmpunkt auf meiner Zeitreise für Bruno. Das Stasi-Gefängnis. Ich war selbst noch nie als Besucherin dort gewesen, kenne niemanden, der da mal saß, wollte es mir aber immer mal anschauen. Noch so ein Ort der Enge, allerdings gab es hier nicht mal Fenster. Wir standen im Hof und lauschten gebannt dem ehemaligen Häftling Leuschner. Das Wetter, es passte nicht zu seiner Erzählung, es passte auch nicht zu der grauen Mauer und ihrem schwarzen Stacheldraht. Der Himmel war blau und wolkenlos, die Sonne strahlte warm auf unsere Gesichter.

»Wir sind alle gleich«, sagte Leuschner immer wieder, betonte, wie sehr ihn die Zeit hier geprägt habe. Wäre seine Flucht in den Westen damals geglückt, wäre er vermutlich heute ein ganz anderer.

Befreien muss man sich von seiner Vergangenheit, dachte ich. Manchmal, indem man von ihr erzählt. Wer wir sind, woher wir kommen, wohin wir gehen, ich wusste nicht, ob es die Hormone waren, die mich nostalgisch machten, oder ob es einfach zu mir dazugehörte.

Bruno zog aus seiner Jackentasche Konzertkarten, die er

heimlich im Linden-Center gekauft hatte, als ich für meinen Eisbecher in der Schlange stand. »Vielleicht unser letztes Konzert für eine lange Zeit«, sagte er. Und das sollte PRAG im Lido werden. Die Geste rührte mich sehr. So sehr, dass ich verschwieg, noch nie von PRAG gehört zu haben. Ich schielte auf den Preis der Tickets. 19 Euro je Eintritt. In der Tram spielte Bruno ein Lied von PRAG auf dem Handy; er wusste um den Zustand meines Musikgeschmacks, weil er zufällig meine persönlichen Top-3-Jahreshits bei Spotify gesehen hatte, die allesamt Taylor-Swift-Songs waren. Bruno machte lauter. Ein Orchester stimmte ein, Trompeten erklangen, dann sang eine männliche Stimme: »Wir waren alle so verliebt in Sophie Marceau. Sag nicht, es war nicht so. Und alle Mädchen standen auf Pierre Cosso.« Es gefiel mir sofort. Eine Frau im Sitz gegenüber guckte böse in unsere Richtung. Zwei Monate später küssten wir uns in der Konzertmenge vor der Bühne im Lido, als das Lied von der Band gespielt wurde.

Wir fuhren nach Hause und kamen noch einmal an meiner Platte vorbei. Der Himmel dunkelte allmählich, unzählige Fenster waren hell erleuchtet. Doch, es sah eigentlich ganz schön aus.

* * *

Seit ein paar Wochen nennen wir jetzt schon einen Campingplatz unseren Campingplatz. Es ist immer dasselbe mit neuen Dingen. Erst mal muss man nur so tun, als könnte man was, und später dann hat man das Vertrauen, wirklich überzeugt zu sein, etwas zu können. Anfangs war es mit dem Schreiben ähnlich. Zumindest beruflich. Die ersten Texte habe ich einer Lektorin im Ruhestand geschickt. Ich sah im ersten Semester in der Uni einen gelben Zettel an einer Pinnwand und fragte nach, ob sie neben Hausarbeiten noch andere Texte korrigieren würde. Es war mir unglaublich unangenehm, meine Texte, die von Rechtschreibfehlern nur so wimmelten, einer Redaktion abzugeben. Ich hatte Angst, sie würden mir mein Schreiben nicht glauben, mich irgendwie für dumm halten, wenn sie sähen, ich würde in jedem Schuldiktat der sechsten Klasse durchfallen. War ja auch wirklich plemplem, ausgerechnet Schriftstellerin sein zu wollen, wenn man nicht wusste, was man zusammen- oder getrennt schreibt, wenn man Buchstaben ohne Autokorrektur ständig drehte, wenn man riet, ob etwas groß- oder kleingeschrieben wird. Ich hatte mal eine Deutschlehrerin, die mich fragte, warum ich in Aufsätzen am Ende der Zeile keine Wörter trennte. Sie hielt meinen Aufsatz ein Stück weit von mir weg. »Fällt dir da optisch was auf?« Ja, ich war nicht blind. »Siehst du die freien Flächen?« Ich nickte. »Warum trennst du die Wörter nicht?« Ich dachte, wenn ich wüsste, wie, würde ich es ja machen. Dann faselte sie was von einer milden Legasthenie und davon, warum ich allein wegen der Rechtschreibung zwei Punkte Abzug bekam. Milde Legasthenie. Zum Ausflippen. Was sollte das sein? Mild war Kaffee, Shampoo oder Klima. Dann noch Hühnchen-Curry, Gesichtswasser, Richterurteile und Bier. Aber doch keine Lese-Rechtschreib-Schwäche. Hatte man nicht einfach eine oder eben nicht? Während sie mir ausführlich erklärte, ich würde das Abitur vielleicht nicht schaffen, überlegte ich weiter. Winter war mild. Tabak und meinetwegen Gaben im Sinne von Almosen. Ich wünschte, ich könnte sagen, diese Lehrerin hätte nichts getaugt, aber in Wahrheit war sie großartig. Sie war eine dieser Lehrerinnen, die Goethe und Schiller durchnahm und tatsächlich den Eindruck machte, sie hätte was für die beiden übrig. Dass sie in mir nichts Besonderes sah, nicht mal das Abitur, war ein Schlag in meinen Bauch mit einem Hammer. Ich wäre gern ihre Lieblingsschülerin gewesen, stattdessen war ich nur irgendeine Schülerin, die Wörterschreiben vermasselte. Ich hatte freiwillig in den Ferien eine bescheuerte Goethe-Biografie gelesen. Da wurden am Zeilenende auch keine Wörter getrennt. Das sagte ich aber nicht. Es ist schon sehr bedauerlich, einer Person nicht zu gefallen, der man unbedingt gefallen möchte. Es fühlte sich wie ein großes Missverständnis zwischen ihr und mir an, welches sich nicht aufklären ließ. Wahrscheinlich war das die erste unerwiderte Liebe meines Lebens.

Eigentlich will ich ja gar keine Schriftstellerin sein, sondern Geschichten erzählen. Buchstaben, Wörter, Sätze helfen mir lediglich dabei, sie aus meinem Kopf zu bekommen. Ich schreibe nicht, weil ich es kann, sondern weil ich muss. Also schickte ich zehn Jahre später meine Texte immer der Lektorin, bezahlte zwei Euro pro Seite und hatte unglaublichen Stress, die Texte noch vor der Deadline korrigiert einzureichen. Drei Jahre ging das so. Dann hatte ich genug Selbstbewusstsein, meine Texte ohne Korrekturen abzugeben, obwohl sie immer noch von Fehlern übersät waren. Bis heute denke ich, ich fliege mit jedem Text auf. Dass einer sagt, an mir sei etwas faul.

Als Mutter ging es mir erst mal genauso. Es war zu meinem Lebensmuster geworden. Die ersten Monate tat ich, was ich glaubte, was eine Mutter tut, aber nicht aus Überzeugung. Wie beim Schreiben dachte ich, jeden Moment zeigt einer auf mich und zweifelt an, dass ich wirklich und wahrhaftig die Mutter dieses Kindes bin, weil ich so unbeholfen mit ihm umging. Deswegen war ich, wenn ich mit dem Jungen draußen war, immer sichtbar Mutter für alle. Jeder Satz, den ich sprach, jede Bewegung, die ich machte, jedes Streicheln, jeder Kuss waren genauso für alle anderen Augen und Ohren um mich herum wie für das Baby.

Und selbst heute erwische ich mich dabei, wie manche meiner Sätze sehr viel liebevoller klingen, wenn jemand neben mir steht. Wenn der Junge etwas anstellt, dann meckere ich strenger mit ihm. Ich formuliere ganze, pädagogisch wertvolle Sätze. »Ich möchte jetzt nicht von dir gehauen werden. Das tut mir nämlich weh, und man darf niemandem wehtun«, während ein schroffes »Lass das« reicht, wenn wir ganz allein sind.

Beim Stillen wusste ich anfangs nicht, wie ich das Baby halten soll, jede Berührung war holprig, keinen Schrei konnte ich interpretieren. Ich musste nachlesen, was eine Pastinake ist, als Legastheniker-Mutter überhaupt erst mal rausfinden, wie dieses Wort geschrieben werden möchte, trotzdem legte ich die Pastinake ganz selbstverständlich auf das Kassenband.

Imaginäres Gespräch mit der Kassiererin:
»Guten Tag.«
»Guten Tag.«
»Jetzt, wo ich diese Pastinake kaufe, würde ich Ihnen gerne etwas sagen, was mir eben in den Sinn kam.«
»Schießen Sie los!«
»Ernest Hemingway, Agatha Christie, Gutenberg, DER Gutenberg, Joachim Meyerhoff, Richard Ford. Das sind alles Legastheniker!«
»Ach, das wusste ich ja gar nicht. Vielen Dank! Zahlen Sie bar oder mit Karte?«

»Mit Karte, danke.«
»Schönen Tag!«
»Ebenso.«

Mit der Zeit wurde es besser. Wenn das Baby aufhörte zu schreien, war das immer ein Indiz dafür, richtiggelegen zu haben. Schrie es weiter, dann nicht.

Je mehr ich darüber nachdachte, desto bewusster wurde mir, wie sehr der Kauf des Wohnwagens eigentlich genau in dieses Schema passte. Ich war geübt darin, diese Ängste des Nichtkönnens zu überwinden und einfach zu machen, besonders wenn ich erst mal absolut keine Ahnung hatte. Ich bewegte mich auf dem Campingplatz, als würde es mir nichts ausmachen, mein Geschirr mit den Händen abzuwaschen, keinen Kühlschrank zu haben, Zecken zu drehen und zwei Tage lang nicht zu duschen. Es gibt Dinge, die ich am Camping überhaupt nicht mag, die ich aber in Kauf nehme, und vielleicht machte mich das zu einer richtig guten Camperin. Ich war bereit, von den anderen zu lernen, mir abzugucken, wie ich morgens entspannt einen Kaffee trinke, während ich unter den Achseln schwitze, weil ich immer noch einen dicken Pulli von der Nacht trage. Rechtschreibung werde ich wahrscheinlich nie beherrschen, als Mutter würde ich vielleicht noch mehr lernen, und vielleicht kann ich ja irgendwann selbst Parkett verlegen. So oder so. Etwas, das ich über mich begriffen habe: Ich muss mich bei allem, was ich mache, anstrengen.

***

Am nächsten Wochenende wird es aufregend. Bruno stört ein Ast. Wenn er über etwas nachdenkt, beißt er sich auf die Unterlippe, was ich, seitdem ich es das erste Mal gesehen habe, total anziehend finde. So wie der Zeigefinger, der die Brille hochschiebt, wenn sie ein kleines bisschen seinen Nasenrücken runtergerutscht ist. Morgens sieht er so herrlich wild verwuschelt aus. Niemand hat mich jemals so hübsch mit Haaren vor den Augen angeguckt wie er. Telefoniere ich, dann zieht sich Bruno die Hose runter und fängt an zu tanzen. Ich lache beim Anblick seines Pos, der bei der finalen Drehung leicht angespannt ist. Ich finde das wichtig zu sagen, weil Bruno natürlich noch sehr viel mehr ist als nur ein Mensch, den ein Ast stört. Ich weiß gar nicht, wie der Ast ihm aufgefallen ist. Ich beneide ihn darum, mit welcher Sorgfalt er seine Umgebung betrachtet. Ich laufe relativ blind durch die Welt, weil ich immer in Gedanken bin. Jedenfalls muss der Ast beim Sturm letztens vom Baum abgebrochen sein, und jetzt wird er nur noch von anderen Ästen gehalten. Erst schlich Bruno immer wieder um den Baum, dann fiel mir auf, er reagierte nur wenig auf das, was um ihn herum geschah. Die Hände sind wieder in der Hosentasche, er läuft ein bisschen umher, den Kopf nach oben gerichtet, alles ganz langsam und gründlich wie ein Staubsaugerroboter, der zum ersten Mal die Bodenfläche ausmisst. Ich stelle mich neben Bruno. Er fragt: »Glaubst du, der Ast könnte runterfallen?« Die denkbar schlechteste Ausgangslage für mich. Denn der Ast könnte tatsächlich runterfallen und jemanden erschlagen. Normalerweise würde ich Bruno sofort die Gefahr ausreden, aber Bruno ist nicht dumm, nur irre. Lügen bringt dann nicht sehr viel. Meine Strategie in so einem Fall: Verharmlosung. »Ja, er könnte runterfallen«, sage ich. »Aber der sieht schon sehr sicher aus.« Ich gucke etwas genauer hin und komme ins Zweifeln. Bruno hat schon recht. Wenn der runterkommt, könnte es wehtun. Ich hasse das, wenn ein Zwang recht hat.

Manchmal hat Bruno ja so ganz absurde Zwänge. Wie das Loch in dem Gehweg, das eigentlich nicht groß genug war, damit ein Fahrradfahrer dadurch einen Unfall bauen könnte. Oder die Kabel am Wasserboiler in dem japanischen Restaurant, die dazu führen könnten, dass das Gebäude explodiert. Da kann ich immer sagen, das Loch ist nicht groß genug und die Kabel sind nicht nah genug an dem Wasserboiler. Es gibt Zwänge, da kann ich überhaupt nicht argumentieren, denn wenn Bruno seine Socken fünfmal hintereinander an- und wieder ausziehen muss, dann bleibt mir nur, ihn das in Ruhe machen zu lassen.

Einmal habe ich mir für Bruno eine Bewältigungsstrategie überlegt. Zwei Säckchen. In dem einen Säckchen waren Knöpfe und in dem anderen Zettel. Auf den Zetteln standen kleine Belohnungen, die er bei mir einlösen konnte, wenn er es schaffte, jeden Zwang, dem er nicht nachging, mit einem Knopf gleichzusetzen. Wenn er am Ende des Tages alle Knöpfe aus den Säckchen herausgeholt hatte, bekam er einen der Zettel. Eingerollt und mit einer Schleife verbunden. Ein schöner Strauß Rosen, eine Massage, ein Eisbecher. Manche Buchstaben hatte ich gestempelt, das machte die Zettel etwas edler. Benutzt hat Bruno die Säckchen nie. Er fand, ich mute mir zu viel zu. Die Säckchen hat er aber behalten und auf das Regal im Flur gelegt. Die Säckchen sind das Letzte, was er sieht, wenn er die Wohnung verlässt.

So. Der Ast. Der Unterschied zwischen mir und Bruno ist,

für ihn ist der Ast ein sehr viel größeres Problem als für mich. Denn der Ast führt bei ihm schnell dazu, dass plötzlich überall andere Zwänge auftauchen, die innere Unruhe überträgt sich dann sozusagen auf viele andere Dinge. Es wird stressig.

»Vielleicht können wir ja mit einer Leiter da hoch und den Ast einfach runterschütteln«, sage ich. Ich gucke nach links und rechts, aber Bruno steht gar nicht mehr neben mir. Ich drücke mir eine Zigarette an. Der Sohn ist gerade zusammen mit einem anderen Sohn beschäftigt, den Müll aus der neuen Tonne zu fischen. Okay. Ermittlungsbeamter Bruno kommt zurück, mit den neuen Gutachtern Katja und Walter. Mehr Meinungen, super! Vier Köpfe schauen nach oben. Walter gibt Bruno recht, und ich sehe, wie sich Brunos Gesicht aufhellt, weil die Sache mit dem Ast nicht mehr irre ist, sondern tatsächlich gefährlich. Wir sind uns alle einig, wir brauchen eine Leiter. Und eine Säge. Walter geht rüber zu Ralf, den Campingplatz-Gerüchten zufolge hat Ralf alles an Werkzeug, was man sich nur vorstellen kann. Bruno bekommt eine Leiter und eine Säge. Fünf Köpfe gucken nach oben in den Baum. Der Baum, muss man sagen, ist eigentlich ziemlich groß. Bruno legt die Leiter an den Baumstamm, so gut gelaunt habe ich ihn hier noch nie gesehen. Die Kinder kommen dazu. Alle Augen richten sich nun auf Bruno, der beinahe tänzerisch die Sprossen raufklettert.

Ich weiß nicht, ob es die wacklige Holzleiter ist, der zu hohe Baum oder die Mischung aus beidem, jedenfalls fällt Bruno von der Leiter. Zusammen mit dem Ast, an den er sich in letzter Sekunde gehängt hat. Spektakulär, als hätte er noch zusätzlich Steine um den Bauch gebunden, plumpst er auf den Boden, es macht richtig Rums. Katja schreit lauter auf als ich, was mich verwirrt. Ist ja durchaus interessant, wie unterschiedlich Menschen in Schockmomenten reagieren, aber darüber habe ich jetzt keine Zeit nachzudenken, weil Bruno wie eine umgedrehte Schildkröte auf der Wiese liegt. »Der Ast ist jedenfalls kein Problem mehr«, sage ich. – Wäre cool gewesen, wenn es so passiert wäre. Aber Bruno steht immer noch fluchend auf der Leiter, weil er mit der Säge nicht an den Ast kommt. Er steigt wieder von der Leiter runter. »Da muss 'n Baumkletterer kommen«, höre ich Günther sagen, der von hinten angelaufen kommt. Sechs erwachsene Köpfe und vier Kinderköpfe gucken nach oben. »Dit müsst ihr an Schilling weiterjeben.«

* * *

Ein Traum. Barbara Schöneberger hängt ungesichert in einem Stadion an einem Trapezseil, hundert Meter über einem Wasserbecken, in das sie fallen soll, wenn sie keine Kraft mehr in den Armen hat. Über ein Headset werden ihr Witze erzählt, damit ihr vor Lachen die Arme weich werden. Das Stadion ist bis auf den letzten Platz ausverkauft. Fünfzehn Kameras sind auf Barbara Schöneberger gerichtet, die einen blauen Taucheranzug trägt. Barbara Schöneberger hängt und guckt gar nicht wie Barbara Schöneberger. Was keiner weiß, ist, sie hat schreckliche Höhenangst, wobei es mir im Traum nicht sonderlich absurd vorkommt, bei so einer Höhe bekommt doch jeder Angst. Irgendwann, hier schwenkt meine träumende Perspektive voll auf das Gesicht von Barbara Schöneberger, schreit sie, sie müssten abbrechen. Zoom auf die Lippen, sie könne das einfach nicht. Richtig wütend redet sie in eine der Kameras, es sei jetzt verdammte Scheiße noch mal genug, sie wolle das nicht machen. So hat Deutschland Barbara Schöneberger noch nie gesehen. So wütend und so echt. Die Leute buhen.

Ich wache in meinem Liegestuhl auf und bin froh, nicht Barbara Schöneberger zu sein. Bruno ist mit den anderen unten am See. Es ist heiß, immer noch so heiß wie vor meinem Mittagsschlaf, vielleicht sogar noch heißer. Als wir die Parzelle das erste Mal besichtigt haben, war noch nicht Sommer, an Schattenplätze hatte ich überhaupt nicht gedacht. Vor drei Wochen habe ich den Lauf der Sonne genauestens beobachtet. Vormittags spenden die Bäume Schatten im hinteren Bereich, da, wo das angrenzende Feld ist. Irgendwann mittags wird der Schatten immer knapper, vorne kann man sich braten lassen. Nachmittags dann überall, bis auf ein kleines Plätzchen unterm Baum. Bruno habe ich versprochen, mich nicht direkt unter den Baum zu legen, wegen dem Ast, der da immer noch quer hängt. Ich lege mich so, dass der Ast, wenn, dann nicht auf meinen Kopf fällt, sondern auf meinen Bauch. Brunos Zwängen bin ich immer sehr loyal gegenüber. Ein Stückchen hoch noch, besser, wenn der Ast auf die Beine fällt. Ich schaue auf die Uhr, drücke eine Zigarette, und dabei fällt mir ein, ich muss noch hoch zum Bahnhof wegen der Duschmarken. Aber erst wasche ich die Tassen und Schüsseln vom Morgen unter dem Wasserhahn im Garten ab, danach stelle ich alles ordentlich in die Schränke zurück und versorge den Rosenbusch, damit ich vor lauter erfüllten Fleißtaten noch eine rauchen kann.

Vor dem kleinen Holzhaus sitzt jeden Samstag von 14 Uhr bis 15 Uhr eine Frau, die Parkplatztickets und Duschmarken verkauft, vielleicht hat sie noch andere Zuständigkeitsbereiche für den Platz, aber darüber weiß ich nichts. Die halbe Stunde Ruhen hat mir ganz gutgetan, das bisschen Ordnungschaffen auch, ich bin motiviert, das Stück in der prallen Sonne runterzulaufen, den Korb mit Proviant für den See nehme ich mit. Bruno sagt, ich muss mich mehr ausruhen, ich bin nur noch am Sachen erledigen, ständig unter Strom. Auf Höhe der Parzelle von der Stasi laufe ich immer ein bisschen anders. Ich versuche, nicht in ihren Wohnwagen zu gucken, was ich sonst bei allen anderen neugierig mache. Meine Schritte werden schneller, damit ich zügig dran vorbeikomme, obwohl ich eigentlich nichts zu verbergen habe.

Beim Holzhaus angekommen. Den Namen der Frau, die mit einer Metallbox und einem Schreibblock auf einer Bank unter einem Schirm sitzt, kenne ich nicht. Bisschen steif schaut sie aus, wie eine, die alles absolut korrekt machen möchte. Da ich nicht die Einzige bin, die etwas von ihr will, stelle ich mich hinten an. Es wird gegrüßt, genickt, einer meckert über die Hitze. Hinter meiner Sonnenbrille mustere ich unauffällig die Frau mit der Metallbox. 30 Grad, aber die Haare haben ein Kilo Haarspray drin, es sieht so aus, als würde sie einen Helm tragen. Ich bin dran, hallöchen, Parzelle ganz hinten. Die Sonnenbrille schiebe ich hoch auf den Haaransatz, ich finde das höflich. Ein bisschen habe ich Probleme mit Autoritäten, was sich sogar auf den Kauf von Duschmarken überträgt. Schon in der Schule bin ich ganz kleinlaut und schüchtern geworden, sobald ich mich mit einer Lehrkraft unterhalten musste. Jemand vom Amt, schlimm. Chefs, noch schlimmer. Leute, die ich um etwas bitten muss, am schlimmsten.

»Ich würde gerne Duschmarken kaufen«, sage ich.

»Wie viele willst denn?«

»Ich brauche vier, für mich und meinen Freund, aber auch gleich noch für die Kesslers.«

»Jut.«

»Eigentlich würde ich gleich für nächste Woche auch noch welche kaufen.«

»Nee, dit jibts nicht.« Ihre Miene verfinstert sich ganz plötzlich. Sie guckt mich richtig sauer an. Dann geht es los: »Ständig wolln se alle Marken, aber keener jeht duschen.«

Der richtige Moment, nach ihrem Namen zu fragen, ist vorbei. Und weil ich Gefahr laufe, meine vier Marken zu riskieren, nicke ich verständnisvoll mit dem Kopf. Aber anscheinend habe ich einen wunden Punkt getroffen; dass die Marken ständig gekauft, aber nicht genutzt werden, ist wohl offensichtlich ein Ding. Mit aufgerissenen Augen erzählt sie, jeden Abend geht sie an die Kästen neben den Duschen, um die Marken wieder rauszuholen, nur sind dann da aber keine Marken drin. Sie vermutet, jeder Camper muss wohl mindestens drei Marken bei sich horten. Warum die Leute Marken kaufen, wenn sie doch nicht duschen gehen wollen, fragt sie mich dreimal. Sie freut sich, dass ich von der größenwahnsinnigen Idee abgekommen bin, zehn Marken bei ihr kaufen zu wollen. Den Fünfer, den ich aus meiner Hosentasche ziehe, überreiche ich mit einem aufmunternden Lächeln. Auf die 50 Cent Wechselgeld verzichte ich. Dann erzählt sie, das Sitzen auf der Bank tut ihrem Knie gut. Eigentlich soll ja die Tochter ihr helfen, aber die ist schwanger und soll bei den Temperaturen bloß nicht das Haus verlassen. Über den dritten Monat ist die Tochter schon gekommen, was beim ersten Mal nicht so war, deswegen soll sie bei der Hitze mal schön drinnen bleiben. Sicher ist sicher.

Mit den Marken in der Faust und dem Korb in der Armbeuge laufe ich weiter runter zum See. Das Erste, was ich sehe, ist Bruno mit dem Kleinen im Wasser, die anderen liegen auf der

Decke. Die Schattenlage am See ist um diese Uhrzeit die beste, weil die Bäume weit über das Wasser ragen. Der Junge sieht mich von Weitem und will sofort aus dem Wasser zu mir. Diese Freude, obwohl wir uns nur eine Stunde nicht gesehen haben, lässt mein Herz wie auf einem Trampolin hüpfen. Das geht hoffentlich niemals vorbei. Wir fallen uns in die Arme, der Korb wird anschließend auf Kekse inspiziert. »Voilà. Vier okay gekühlte Radler aus der Kühlbox und Duschmarken!«, sage ich. Walter sagt: »Du bist toll. Wie immer in die Gruppe, ja?« Der mit seiner Gruppe, egal. Um die Uhrzeit sieht man jetzt viele am See. War ich eben noch ganz entspannt mit mir selbst, erfreue ich mich nun an dem Trubel. Bruno setzt sich neben mich und guckt auf sein Handy. Der Junge krabbelt zu mir in den Schoß, ich glaube, ich bin eine Art Thron. Bruno liest einen Tweet vor. Alle lachen.

* * *

Die nächste Woche. Endlich dekoriere ich den Wohnwagen. Es ist geschafft. Die gröbste Arbeit liegt hinter mir, ich kann vom Rest des Budgets nun Geld für Schönes, vollkommen Sinnloses ausgeben. Auf *Pinterest* habe ich mir tausend Bilder von fertigen *Makeovers* angeschaut; es gibt einen gewissen Trend, würde ich sagen. Die meisten Wohnwagen sind innen weiß gestrichen, wie meiner, und mit einzelnen Farbakzenten kombiniert. Die Polster haben knallige Farben, Holzelemente werden nur vereinzelt ihrem Naturton überlassen. Pflanzen kommen vor und gerahmte Bilder. Würde mich jemand fragen, was die Atmosphäre eines Wohnwagens ausmacht, dann wären es: Lichterketten, Lichterketten, Lichterketten. Wir Wohnwagenbesitzer von heute lieben wieder Lichterketten. Lichterketten sind die Duftkerzen meiner Großeltern. Und Kissen! So viele wie nur gehen. Gern dürfen die Bezüge unterschiedlich sein, solange ein Grundton deutlich erkennbar ist. Die Kissen müssen nebeneinander aussehen, als würden sie sich auf dem Standesamt das Jawort geben. Bruno findet Kissen und Lichterketten natürlich nicht so spannend wie ich, aber ich bin beeindruckt, wie viel Aufmerksamkeit er meinen Ideen schenkt, wenn ich aufgeregt davon berichte. Brunos anfängliche Skepsis spielt keine Rolle mehr. Welches Vertrauen er in meinen Geschmack legt und dass er nun tatsächlich eine Meinung zu gehäkelten Stoffmustern hat, macht mich irre stolz. Bruno ist nichts auf der Welt egal, und deswegen kann ich mir vorstellen, ihn selbst dann noch unwiderstehlich zu finden, wenn er mal einen Urinbeutel trägt. Ich würde eine Lichterkette um den Katheter legen, finde die Vorstellung eigenartig schön und blättere virtuell weiter bei Otto.

Dass es Otto noch gibt, überrascht mich. Früher hatten wir die dicken Kataloge zu Hause, in denen meine Mutter mit zwei Kugelschreiberfarben und etlichen Zetteln arbeitete. Ich dachte, Otto wäre längst in einem schwarzen Loch des Ikea-Universums verschwunden. Aber Otto strahlt. Otto hat Kacheln in einem schicken Retromuster als Folie, die ich in die Kochecke kleben möchte. Mir macht es wirklich Spaß, in meinem Gartenstuhl zu sitzen und Dinge in einen Warenkorb zu packen. Und ich habe eine unausgesprochene Generalvollmacht von Bruno, alles zu kaufen, was meine leere Gebärmutter sich wünscht. Wir teilen alle Beträge durch zwei. Geld ist kein sensibles Thema mehr.

Nach meiner Hartz-IV-Epoche begab ich mich in die Hände

meines arbeitenden Partners. Bruno, der Versorger der Familie, ich, die den Alltagsladen am Laufen hielt. Ich war abhängig von Bruno und bildete mir ein, er wäre es nicht von mir. 500 Euro überwies er mir jeden Monat. Wir hatten überschlagen, welche Ausgaben wöchentlich für das Kind auf uns zukämen. Ich bezahlte Kinderkram, die Einkäufe, beteiligte mich mit 100 Euro am Ostseeurlaub und versuchte an allem vorbeizuschauen, was allein für mich hätte sein können.

Das schlechte Gewissen, meine Eltern so lange ausgebeutet zu haben, wog schwer. Die Arbeit an meinem Roman hatte ich kurz vor der Geburt abgebrochen. So wie meine Eltern ihre Ehe in den darauffolgenden Monaten. Etwas in mir glaubt seitdem, ich sei schuld daran. Die viele Arbeit, die sie sich wegen mir aufgehalst hatten, die wenigen Abende, an denen sie vielleicht schön hätten essen gehen können. Kinder fragen sich doch immer, ob sie daran schuld sind, wenn ihre Eltern sich trennen. Anscheinend auch mit Anfang 30.

Die Zulassung für mein Studium an der Freien Universität bekam ich in den Tagen, als Opa Wolfgang starb. Wenig später, es war der Tag der Deutschen Einheit 2012, kamen meine Eltern unangekündigt zu mir nach Hause in meine Friedrichshainer WG. Opa ist tot, sagten sie. Der Hund auch. Sie sagten, sie würden mir mein Studium finanzieren. Ein Teil der geerbten Ersparnisse, es sei nicht viel, aber etwas, und das solle ich bekommen. Wie sie den Rest bestreiten würden, sagten sie mir nicht. Meinem Vater kamen die Tränen, kurz vor der Verabschiedung im Flur, die Wohnungstür stand schon offen.

»Papa, was, wenn ich es nicht schaffe?«, fragte ich.

»Hauptsache, du bist glücklich.«

So begann ich mein Studium also mit 26 Jahren; es war ihnen egal, wie alt ich war und dass in meinem Alter andere ihr Studium längst abgeschlossen hatten. Im Frühjahr zeigte ich meinen Eltern die Uni, unten in Dahlem. Es war das erste Mal: Sie betraten ein Universitätsgebäude. Ich zeigte ihnen den Vorlesungssaal, in dem ich jeden Montag für die »Einführung in die Allgemeine und Vergleichende Literaturwissenschaft« saß, ich zeigte ihnen das Schwarze Brett, stellte ihnen Mitstudierende vor, die wir zufällig in den Gängen trafen, sogar die Tür zu den Toilettenräumen öffnete ich einmal kurz, das ist die Bib, hier die Büros, anschließend aßen wir in der Mensa zu Mittag. Sie waren stolz, das konnte ich sehen.

Und so war die Linie meiner Abhängigkeit also weitergegangen. Von meinen Eltern zum Amt, vom Amt weiter zu Bruno. Nichts hat Bruno und mich mehr belastet als diese Zeit, in der wir beide den Druck spürten, mit uns muss es hinhauen, denn ohne uns beide würde ich es allein nicht schaffen. Und so schnell kam ich aus meiner finanziellen Misere nicht einfach raus. Der erste regelmäßige Auftrag, noch in meiner Elternzeit, der reinkam, war von einem Content-Netzwerk, für das ich *Memes* für junge Frauen zwischen 18 und 22 Jahren produzieren sollte. Es war nicht mein Traumjob, aber sie bezahlten mich okay, und das Gefühl, eigenes Geld zu verdienen, ließ mich nachts besser schlafen. Über den Roman habe ich mit meinen Eltern nie wieder gesprochen.

Im dritten Monat der Schwangerschaft bin ich, erst mal nur zu Versuchszwecken, bei Bruno eingezogen. Und ich glaube, solange wir in dieser Wohnung bleiben, wird es immer nur ein Versuch bleiben.

Es ist Brunos Wohnung, nicht unsere Wohnung. Und nach drei Jahren sage ich immer noch »Brunos Wohnung«.

Von der WG in Friedrichshain wechselte ich also nach Neukölln. Das Haus, in dem wir wohnen, ist ein alter Sozialbau. Der Eingang ist, ohne zu übertreiben, der hässlichste der Welt. Ich bilde mir ein, er wird schöner mit jedem Mal, das ich hindurchlaufe, aber die graue Farbe wird nicht bunter. Da kann man jedem Besitzer eines roten Eddings nur danken.

Die Wohnung an sich. Ich mag sie nicht besonders. Zumindest nicht alles an ihr. Wenn ich in meinem Gartenstuhl sitze, denke ich an mein Bücherregal, das mag ich. Dann denke ich an die zerfledderte Couch, die mag ich nicht. Ich denke an Brunos Bilder an den Wänden und ob er wohl sehr sauer wäre, wenn ich sie einfach abhängen würde. Die Frau mit den toupierten Haaren und dem Hund hängt im Flur. Dreimal der nervige Typ in Schwarz-Weiß im Arbeitszimmer. Davis Cocker oder wie der heißt. Und dieses riesige Bild von einem Reh, das mich beim Essen anstarrt. Billig war das nicht. Deswegen wird es wohl hängen bleiben.

Ich glaube, das ist einer der Gründe, warum mir das Inneneinrichten beim Wohnwagen so viel Freude bereitet. Dieses Gefühl, endlich etwas Neues zu gestalten, was zu unserem Familiennest wird, ist etwas, was mir Brunos Wohnung niemals geben wird.

Vor die größte Herausforderung stellt mich dekorationstechnisch die Sitzecke. Der alte Polsterbezug, schwarz mit roten, fast pinken Streifen darin, erinnerte an einen verbrannten Erdbeerkuchen. Bruno findet das Polstermuster eigentlich ganz okay, aber ich brauche eine Farbe, die ordentlich ballert. Eine, die mir sagt, ich kann alles im Leben erreichen, der Tag wartet nur darauf, dass ich ihn anfange. Türkis hat dieses Potenzial. Es ist ohnehin der einzige Vorhang bei Ikea, der so aussieht, als könnte man ihn gut zerschneiden und mit Gaffa um das Polster hinten fixieren. Man muss auch flexibel bleiben können.

Inmitten meiner Gaffa-Aktion kommt Katja und sagt, es werde nicht halten. Ich bin richtig beleidigt, weil mein Dekorationsrausch von unverschämten Prognosen unterbrochen wird. Natürlich wird es nicht halten, aber ich will jetzt nichts davon wissen. Jetzt will ich türkise Polster in meinem Wohnwagen haben. Jetzt will ich einen Untertopf mit Juteschnur umwickeln, Basilikum reinlegen und mit einem Haken in die Ecke hängen. Jetzt will ich Gardinen einfädeln. Jetzt will ich den schönsten Wohnwagen von ganz Brandenburg. Nichts will ich nach und nach machen, in mir brodelt eine gut sechs Kilo schwere Gier, alles fertig zu bekommen. Und Basilikum und Polster in einer Stunde im Wohnwagen unterzukriegen, macht mich locker zwei Kilo leichter! Ein Bild von Queen Elizabeth schneide ich aus dem *Adelsexpress* aus, sie kommt in einen goldenen Rahmen über die Sitzbank. Ständig rufe ich Leute zu mir rein, die mein Werk begutachten sollen. Ich bin süchtig nach anerkennenden Blicken. Den dicksten Vogel schießt dann allerdings meine Nachbarin, die Expertin für Rosenstöcke, ab. Richtig beeindruckt ist sie, zeigt auf das gerahmte Bild und sagt: »Ah, wie cool, Queen Mom.« Bitte, wie bitte? Aus Höflichkeit habe ich sie nicht berichtigt, aber ich muss mich doch schwer wundern, mit was für Leuten wir unsere Wochenenden verbringen.

Der Wohnwagen ist also fertig. Zumindest muss ich nur noch hier und da etwas anbringen, schrauben, in irgendwelchen Ecken Lack ausbessern. Die Tür ist immer noch ein Problem, das weiß ich, aber alles lässt sich eben doch nicht auf einmal lösen. Immerhin ist der Baumkletterer unter der Woche da gewesen und Bruno ist glücklich. Der legt jetzt seine Arme um mich. »Das hast du richtig gut gemacht.«

* * *

Am selben Nachmittag schreibt mir meine Mutter eine WhatsApp: »Ich hab's schon ganz oft probiert, ist alles in Ordnung? Warum gehst du nicht ran?« Ein Mal, genau ein Mal hat sie angerufen, aber ich will nicht kleinlich sein, ich weiß, so ist sie. Ich rufe zurück, sie soll sich schließlich keine Sorgen machen.

»Na, Süße, wie läuft's?«

Eine harmlose Frage, die ich trotzdem gern wahrheitsgemäß beantworten möchte, aber das Riesenfass meiner inneren Unruhe möchte ich lieber nicht aufmachen. Es ist auch nicht so, als würde ich den ganzen Tag deprimiert über den Campingplatz laufen. Vor allem die letzten Wochen waren harmonisch. Mein Gemütszustand war heute eine stabile sieben auf einer Skala von eins bis unbefruchtet.

»Och, eigentlich bin ich schon recht weit. Du, ich stöbere gerade bei Otto nach Fliesen aus Folie.«

»Die jibts noch?«

»Ich war genauso überrascht.«

»Hast du denn schon den neuen Tisch für den Essbereich?«

»Nee, noch nicht. Man bekommt aber ganz gute Tische in so Bootsgeschäften. Da kann man die Tischplatten hoch- und runterfahren und in einen Schlafbereich umfunktionieren. Die Tische kosten 200 Euro. Plane den Tisch für nächstes Jahr. Der Kleine wird eh erst mal bei uns schlafen.«

»Wat? Und wenn das Zweite kommt?« Meine Mutter hat das Talent, mit allem einfach so rauszuplatzen.

»Erst mal nicht.« Ich klinge traurig. Zumindest glaube ich, ich muss traurig klingen, weil meine Mutter nichts sagt. »Bist du noch dran?«, frage ich.

»Ich habe an deinem Geburtstag gemerkt, irgendwas stimmt nicht. Süße, ist doch okay, ihr habt Zeit!« Plötzlich merke ich, ich stehe. Ich laufe rüber zum Tisch und hole mir mein Rauchgerät.

»Hallo, ich bin 34 geworden. Ich bin nicht zu alt. Es ist nur so, ich denke, eine Schwangerschaft muss ja klappen, und dann muss man noch neun Monate schwanger sein. Das sind vielleicht zwei Jahre, die ich mit einberechnen muss. So viel Zeit ist es nun auch wieder nicht.« Ich klinge wie eine Furie.

»Rede doch mit Bruno.«

»Mmhh.«

»Und wenn es ein Kind bleibt, ist das doch nicht schlimm. Mensch, Dicke, manche Paare bekommen gar keine Kinder.« Immer, wenn meine Mutter zu mir Dicke sagt, muss sie lächeln, deswegen stelle ich mir ihr Lächeln vor.

»Ich weiß.«

»Thorsten und Silke, kennst du doch.«

»Ja.«

»Die wollten adoptieren und alles. Nichts hat funktioniert, die waren ganz verzweifelt.«

»Ich weiß. Ich muss jetzt weitermachen. Ich melde mich nächste Woche, wenn die Folie da ist.«

»Süße, sei nicht so hart mit deinem Leben. Alle sind gesund. Ich hab dich lieb.«

Kurz bin ich mir nicht sicher, wie laut ich telefoniert habe. Einmal im Gespräch drin, vergesse ich schnell, wo ich mich gerade befinde. Ich ärgere mich über meine Unzufriedenheit.

Natürlich gibt es Paare, die überhaupt keine Kinder bekommen, meine Mutter hat recht. Ich weiß nicht, warum ich mein Leben so, wie es jetzt ist, nicht aushalten kann. Warum ich immer weiter an uns werkeln muss. Mein Leben für nicht gut genug erklären, ist in meinem Zustand der Bekloppheit natürlich logisch, aber es trifft eben nicht hundertprozentig zu. Als würde mir das eine Kind einfach nicht reichen und jeder andere bekäme das alles sehr viel besser hin. In der Regel habe ich gleichzeitig eine Vielzahl kleiner bis mittelstarker Probleme, von denen ich gar nicht weiß, welche ich zuerst angehen soll, weshalb ich meistens gar keins löse. Sofort denke ich an die Liste, die ich vor einigen Jahren gemacht habe und immer wieder aktualisiere, wenn ich in diesen Zustand der Bekloppheit gerate. Jeder Herausgeber eines Achtsamkeitskalenders würde mich bestimmt dafür loben.

WAS ICH WOLLTE:	WAS ICH HABE:
Ein Buch schreiben	*Artikel in der Zeitung*
Heiraten	*Partner*
Zwei Kinder	*Ein Kind*
Altbauwohnung	*Hochparterre*
Bio einkaufen (auch Spülmittel)	*Marken bei Edeka*
Hobby haben	*Wohnwagen*
Ozean	*Ostsee*
Nicht rauchen	*E-Zigarette*

Eigentlich sollte ich mich jetzt gar nicht mit Listen beschäftigen, sondern die heruntergefallenen Fichtenzapfen aufheben. Fichten stehen hier unter anderem auf unserer Parzelle, habe ich gelernt, deswegen sind es Fichtenzapfen und nicht Tannenzapfen, wie die meisten Leute zu allen möglichen Zapfen sagen. Ich lege die Fichtenzapfen in einen Spielzeugbauwagen von den Kindern, damit der Gartenteil der Parzelle etwas aufgeräumter aussieht. Selbstverständlich sammle ich die Dinger auf der Seite von Katja und Walter mit ein, denn es sähe komisch aus, würde eine Seite ordentlich (also unsere) und eine Seite unordentlich (also ihre) aussehen. Bruno und Walter sitzen am Tisch und unterhalten sich, Katja hat sich zusammen mit den Kindern hingelegt. Ein paar Fichtenzapfen lasse ich noch für den Jungen übrig, die er bestimmt gern aufhebt, sobald sein Mittagsschlaf vorbei ist. Wahrscheinlich werde ich ihm geduldig zeigen müssen, wie er mit den Fichtenzapfen richtig umzugehen hat. Damit er sie hineinlegt und nicht durch die Gegend wirft. Fich-ten, Fich-ten-zap-fen, werde ich sagen, dann noch mal ganz langsam Fich-ten-zap-fen. Später werden wir sie in der Feuerschale verbrennen, weil es so herrlich knistert. Ich habe mir extra dieses Buch von diesem berühmten Förster gekauft. *Das geheime Leben der Bäume*, Peter Wohlleben. Das Kapitel darüber, wie Bäume sich fortpflanzen, fand ich natürlich am spannendsten, was, wenn ich »natürlich« sage, viel über meine derzeitige Verfassung aussagen dürfte.

Als Nächstes schnipple ich leise und effizient Obst in der Sitzecke, leise, damit der Junge nicht aufwacht, aber effizient genug, damit er gleich Vitamine hat, wenn er es doch tut. Zu Hause bin ich nie so beschäftigt wie hier. Zu Hause lasse ich mir für meine Aufgaben nie so viel Zeit. Ich kann mich nicht erinnern, wann ich, woanders als hier, zuletzt Obst mit Liebe geschnippelt habe.

* * *

Wir machen einen Ausflug. Es geht um Ritter, und wir glauben, Ritter findet der Sohn bestimmt super. Auf der Internetseite hieß es: *Erleben Sie das Mittelalter in traumhaft schöner Kulisse auf dem Schloss!* Nicht, dass ich selbst auf solche Programmideen kommen würde. Mein Aktivitäten-Radius reicht bis zum See; alles, was weiter weg ist, sind Tipps von anderen, die solche sympathischen Aktivitäten aufspüren. Wir bekommen also den heißen Tipp in der Eltern-WhatsApp-Gruppe: »Hey, gerade entdeckt. Ist nicht weit von euch. Sind im Urlaub und genießen mit Ole die bayrischen Berge. Grüße Richard und Eva«. Wir machen uns auf den Weg.

Das Auto ist voll mit altem Kram aus dem Wohnwagen, den ich seit Wochen entsorgen möchte. Es ist heiß, die Stimmung aber ausgezeichnet, was auch an dem Liedermarathon im Radio liegt. Gewählt wurden die hundert peinlichsten Lieblingslieder von Zuhörern und Zuhörerinnen und der radio1-Redaktion, die der Reihe nach abgespielt werden. Gespannt warten wir auf jedes neue Lied. Brunos peinlichstes Lieblingslied ist »Lotusblume«, meins ist »Griechischer Wein«. Ich kann es nicht glauben, zum allerersten Mal macht mir Autofahren Spaß, es stört mich fast gar nicht, als zwischendurch die Ansage kommt, von der Autobahnbrücke 30 km von uns entfernt werden gerade Steine heruntergeworfen.

Früher bin ich oft mit meinen Großeltern von der Kleingartenanlage aus nach Polen zum Markt gefahren. Vorbei an Wiesen, Feldern und kleinen Dörfern. Es lohnte sich, dort zu tanken, Zigaretten zu kaufen, ein paar Lebensmittel zu besorgen, und ein Spielzeug sprang für mich und meinen Bruder auch immer dabei raus. Oma Karin hat sich zu dem Anlass immer die Haare schön gemacht und zur Abwechslung einen blauen Kajalstrich unter den Augen aufgetragen, während Opa Wolfgang seine schwarze Lederweste trug und eine von diesen männlichen Handgelenktaschen, die in den 90ern so beliebt waren. Der Hund, frisch gebürstet, bereit für einen Hundeschönheitswettbewerb, vorne auf dem Schoß von Oma Karin. Von dem Gefühl getragen, wir würden in den Urlaub fahren, haben wir im Auto Musikkassetten gehört. Man kann mich nachts wach machen und ich könnte sofort jedes Lied von *Die Doofen* anstimmen. »Mief!« war Normans und mein Lieblingslied. Mein Bruder und ich hatten hinten im Auto das Spiel, aneinander zu riechen. »Wonach rieche ich?« »Ohrenschmalz!« »Ihhh!« »Jetzt du!« »Käsefuß!« »Ihhh!« Und dann lachten wir laut. So laut, ich kann unser Gekicher noch hören. Opa Wolfgang habe ich eine Autogrammkarte von Wigald Boning und Olli Dittrich zum Geburtstag geschenkt. Oma Karin hat eine von Tina Turner bekommen.

Immer wenn wir in Polen waren, erzählte Opa Wolfgang von einem Stück Wald, das angeblich ihm gehöre, aber der Familie weggenommen worden sei. Oma Karin winkte jedes Mal ab, als sei sie genervt, diese olle Kamelle zum wiederholten Mal zu hören, aber ich war neugierig. Als Kind fragte ich, ganz naiv und interessiert, warum wir es uns nicht einfach zurückholen, wenn es doch uns gehört. »Die Polen sind schuld.« Ein Satz, an den Opa Wolfgang glaubte, weil es das war, was ihm wiederum sein Opa erzählt hatte, und manchmal erträgt man die Realität einfach besser, wenn es die anderen verzapft haben. Unhöflich war er nie zu den Leuten auf dem Markt. Die Salami war die beste, die er kannte. Die Leute dort meinte er ja auch gar nicht. Ein Widerspruch, mit dem Opa Wolfgang lebte.

An jede Fahrt erinnere ich mich nicht im Detail, nur an die eine, als wir auf dem Polenmarkt eine Sonnenfinsternis beobachtet haben. Es war das letzte Jahr in der Kleingartenanlage für mich, der letzte Ausflug nach Polen mit meinen Großeltern. Ich bekam extra eine von diesen Spezialbrillen, die auf dem Markt an die Kinder umsonst verteilt wurden. Ich war gerade erst 13 geworden und hasste es, dass man mich mit einem Kind verwechselt hatte, andererseits bekam ich die Brille und bedankte mich. Es ist faszinierend, wenn alle um einen herum exakt dasselbe Erlebnis zur selben Zeit miteinander teilen. Als Kind schon konnte ich Stimmungen von anderen spüren, und seit diesem Tag ist Aufregung mein absolutes Lieblingsgefühl. Und ein verdientes für den Himmel, der mit einem dramatischen Schauspiel uns Zuschauern auf einem Parkplatz im Sommer 1999 den Atem raubte. Das Sonnenlicht schwand langsam, Dämmerung setzte ein, als würde jemand an einem Dimmer im Wohnzimmer drehen, um das Licht auszuschalten. Es wurde merklich frischer. Irgendwann verdeckte der Mond die Sonne so weit, man sah nur noch eine Sichel. Und auch wenn der schwarze Kreis am Himmel mit seinem hellen Lichtkranz sehr hübsch aussah, fand ich die Sichel am schönsten. Oma Karin sagte, wir dürften auf keinen Fall die Brille abnehmen, wir könnten erblinden. Trotzdem schob ich sie für einen Moment zur Seite, der Rebellion und der Neugier wegen. So etwas Spektakuläres wollte ich direkt betrachten. Nur Sekunden waren es gewesen, aber die reichten, um sich abends im Bett noch einmal davon zu erzählen. Unglaublich, was da oben am Himmel auf einmal passiert war.

Bei Platz 45, Scorpions' »Wind of Change«, kommen wir bei dem Ritterfest an und parken das Auto. Ich gucke nach oben, wie immer. Wenn Wolken die Sprache des Himmels sind, hat der Himmel an diesem Nachmittag nichts zu sagen. Keine einzige Wolke ist über unseren Köpfen. Dafür gibt es Ritter auf einer Wiese, die laut stöhnend miteinander kämpfen. Viele Besucher sind nicht da. Zwei Stunden dürfen wir hier sein, dann kommt die nächste Besuchergruppe. Überschaubar ist der Schlossgarten mit seinen vielen Buden trotzdem nicht. Wir laufen erst einmal ziellos umher, bleiben vor einem Karussell stehen, auf das der Junge unbedingt will, um dann im Feuerwehrwagen festzustellen, er will es auf keinen Fall. Ich ziehe den Jungen aus dem Auto raus und gebe die Eintrittsmarke wieder ab. Lange braucht es nicht, bis der Sohn etwas anderes findet. Einen Stand mit Holztieren, die ihn begeistern. Und Pferde stehen auf einer kleinen Koppel, zu denen uns der Sohn als Nächstes zerrt, als er sie entdeckt. Ein wenig habe ich in der Menge immer Angst um ihn. Deswegen ziehe ich ihm gern knallige Farben an, weil ich ihn so besser im Blick behalte.

Der nächste Ritterkampf findet in dreißig Minuten statt. Wir suchen uns einen Tisch aus, an dem wir sitzen können. Ich frage Bruno, was er essen möchte. Die Auswahl ist riesig. Ständig laufen Leute mit Pappschalen an uns vorbei, mit Essen drauf, das ich mir vorstellen könnte. Chicken Wings zum Beispiel. Und Haxe zwei Tische weiter. Ich sehe Bratkartoffeln und weiß, hier werde ich satt. Bruno und ich besprechen, was wir für den Sohn haben wollen. Wann immer wir auswärts essen, machen wir die Essensfrage zu einer gemeinsamen Entscheidung, was ich sehr elternhaft und erwachsen von uns finde. Ich schlage vor, ich könnte etwas zusammenstellen; mit Kartoffelecken ist der Sohn vermutlich zufrieden.

Wir sitzen gemütlich da, und mir entgeht natürlich nicht die

Familie neben uns mit den zwei Kindern. Familien mit zwei Kindern sehen für mich immer richtig aus. Komplett irgendwie. Ich suche Brunos Gesicht nach einer Regung ab, ob die Familie neben uns irgendwas mit ihm macht. Unauffällig versuche ich, seine Aufmerksamkeit auf sie zu lenken, weil ich wissen will, ob Bruno spontan, also unbewusst, vielleicht die Augenbrauen hochzieht und ich das somit als Zeichen werten kann.

Eine Glocke läutet, der Kampf der Ritter geht gleich los. Bruno und ich lächeln uns an, besprechen, ob einer den Platz sichert und der andere mit dem Sohn nach vorne läuft. Ich schaue zum Sohn, aber der ist nicht da. Nicht unter dem Tisch und nicht ein paar Meter entfernt, ich drehe meinen Kopf in alle Richtungen. Er ist ganz einfach weg. Der Augenblick des Realisierens ist entsetzlich, macht ganz weiche Knie, der Magen dreht sich einem um. Wir schwärmen sofort aus. Ich krieche unter Tische und laufe in Zelte. Ein Mitarbeiter ruft von der Bühne zu mir rüber: »Hey, Sie können da doch nicht einfach reingehen!« Bitte? »Ich suche mein Kind!«, rufe ich zurück. Bruno irrt auf der anderen Seite des Platzes zwischen den Holzkatzen umher und sieht von Weitem mindestens genauso beunruhigt aus wie der Mann, in dessen Zelt ich gelaufen bin. Was hatte der Idiot dadrin? Diamanten? Es sind jetzt schon ein paar Minuten – die längste Zeit, die ich jemals nicht wusste, wo mein Kind ist. Ich rufe seinen Namen. Ich rufe ganz laut, die Sorge bestimmt meine Lautstärke, ich kann nicht anders, ich klinge hysterisch. Ich habe ihm schon so oft das Leben gerettet, ihn festgehalten, bevor er irgendwo abstürzte, nachts beobachtet, ob er auch regelmäßig atmet, ihn nie mit einem Gegenstand spielen lassen, der eine gefährliche Waffe werden könnte, was, in Anbetracht dessen, dass JEDER Gegenstand in der Hand eines Kindes eine gefährlich Waffe sein könnte, wirklich eine Leistung war. Einmal sind wir als Vorsichtsmaßnahme in der Rettungsstelle gewesen, das war's.

Ein paar Tage nach der Geburt des Sohnes feierte Bruno seinen eigenen Geburtstag in einer Kneipe um die Ecke. Die Freunde hätten sich beeindruckt gezeigt von meiner lockeren Art, dass ich ihn hatte gehen lassen, erzählte mir Bruno, als er nach zwei Stunden kam, um zu gucken, ob alles okay bei mir und dem Baby war. Bruno brachte eine kleine rote Mütze mit der Aufschrift »ROCK« mit, die ihm Nico geschenkt hatte. Bruno setzte die Mütze dem schlafenden Baby in meinem Arm auf, und sofort roch ich den Zigarettenrauch aus der Kneipe. Die Mütze hatte die ganze Zeit auf dem Tisch gelegen, gab Bruno zu, und ich bekam Panik, die Rauchpartikel auf der Mütze, die seine Haut berührt hatten, würden den Sohn jetzt vielleicht umbringen. Mit einem nassen Lappen tupfte ich den Kopf ab, packte die Mütze sofort in eine Tüte und hatte noch lange furchtbare Angst. Ab da konnte ich mir viel besser Brunos Zwänge vorstellen. Das, nur hundertmal am Tag.

Die Angst um den Sohn begleitet mich überallhin. Jetzt ist er weg.

Ein Typ in Ritterrüstung kommt auf mich zu, der mich rufen gehört hat, und fragt, was das Kind denn anhat. Diese lebendig gewordene Symbolik entgeht mir natürlich nicht, ich bin beeindruckt vom Leben. »Eine gelbe Hose und ein blauweiß gestreiftes T-Shirt«, sage ich zu dem Ritter. Bruno kommt auf uns zugelaufen. »Ich sehe ihn nicht und versuche es mal bei dem Karussell, wo wir als Allererstes waren.« »Okay«, sage ich. »Okay«, sagt der Ritter. Bruno guckt den Ritter kurz verblüfft an, denkt vermutlich: wow, ein Ritter, ich nicke, ja, ein

Ritter, und Bruno zieht wieder los. Noch mal laufe ich zu den Zelten, dann fallen mir ganz plötzlich die Pferde ein. Ich renne zur Koppel. Und tatsächlich sehe ich den kleinen Ausreißer, nicht weit von seinen geliebten Hühmachern entfernt. Er muss unter dem Zaun durchgekrochen sein. Für eine Sekunde bin ich sogar recht beeindruckt, wie weit er es geschafft hat. Die kleine Nebenkoppel ist leer, und er spielt dort vergnüglich mit den Gänseblümchen, als wäre rein gar nichts daran schlimm. Zehn Minuten, davon neun Minuten und fünfzig Sekunden wirklich grausam, müssen es gewesen sein. Ich krieche ebenfalls unter den Zaun und rufe »Mausi«. Erst als ich ihn im Arm halte, rufe ich Bruno an, um Entwarnung zu geben. Wir treffen uns mit Bruno draußen am Eingangstor, unsere Zeit auf dem Fest ist um. Erleichterung, noch als wir im Auto sitzen. Erst als wir auf der Autobahn sind, fällt mir ein, ich habe dem Ritter gar nicht Bescheid gesagt. Bruno schaltet das Radio wieder ein, die Top 10 der peinlichsten Lieblingslieder sind nun dran. Vicky Leandros wird als Nächstes gespielt. Platz 3. »Ich liebe das Leben«. Bruno dreht lauter. Er streichelt liebevoll mein Bein. Ich weiß. Ich erinnere mich.

»Weißt du, was witzig ist?«, frage ich.

»Was?«

»Irgendwo sucht jetzt immer ein Ritter nach unserem Kind.«

»Ein schöner Gedanke.«

Das Lied geht zu Ende. *Auch wenn wir auseinandergehen, auch wenn wir auseinandergehen ...* Ich blinke nach rechts.

***

Der Sohn war knapp über ein Jahr alt, als wir in der Kinderrettungsstelle waren. An keinem Ort auf der Welt wollte ich weniger sein. Und doch stand ich da an einem Dienstagabend mit verlaufenem Mascara unter den Augen und nervösen Händen am Aufnahmeschalter und erklärte einer Frau im weißen Kittel, mein Sohn habe sich mit dem Kinderwagen überschlagen. »Ich glaube, er ist mit dem Kopf zuerst aufgekommen«, erklärte ich und konnte die Worte, die ich sprach, selbst kaum fassen. In ihrem Gesicht suchte ich nach Entsetzen und wartete auf die Frage, wie das überhaupt habe passieren können. Nichts dergleichen. Sie stand da, entspannt wie eine Kanne Tee am Nachmittag, hinter ihrer Theke und erkundigte sich nach dem Gewicht meines Sohnes. Anschließend gab sie mir den Hinweis, wir müssten vermutlich warten. Mir wurde speiübel.

»Aber was, wenn es ihm gleich ganz schlecht gehen wird beim Warten?«

Sie schaute mich ruhig an und antwortete: »Dann sind Sie hier genau am richtigen Ort dafür.«

Schlecht ging es meinem Sohn nicht. Bis auf eine kleine Beule am Kopf und einen Tropfen Blut auf meinem T-Shirt deutete nichts auf den Unfall hin. Die Ärztin im Untersuchungsraum bestätigte kurz darauf: Es gehe ihm gut. Dann brach es aus mir heraus. »Es ist meine Schuld. Ich bin schuld, dass wir hier sind.« Drei Stunden zuvor war ich mit dem Kinderwagen die Straße entlanggelaufen und hatte gestoppt, als ich den neuen Kindergarten für meinen Bruder fotografieren wollte. Ich drehte mich vom Kinderwagen weg und machte das Foto. Als ich damit fertig war und mich wieder umdrehte, konnte ich nur noch mitansehen, wie der Kinderwagen den Gehweg weiterrollte und schließlich vom Bordstein runter nach vorn auf die Straße kippte.

Ich hatte die Bremse schon tausendmal betätigt und einmal nicht.

Ich rannte sofort zu meinem Sohn hin, er schrie, und ich nahm das erst mal als ein gutes Zeichen. Wenn es etwas Schlimmes gewesen wäre, hätte er sicher nicht geweint. Ich sank mit ihm auf den Boden, bis ein Kellner vom gegenüberliegenden Restaurant kam, der die Situation beobachtet hatte. Er fragte, ob ich ein Wasser wolle. Ich sagte, ich weiß nicht. Das war das erste Mal, dass ich mich in einem Schockzustand befand. Oder so was in der Art. Der Kellner versuchte, weiter mit mir zu sprechen, ich erinnere mich kaum noch daran, was genau er sagte. Ich wippte einfach weiter mit dem Sohn im Arm auf der Straße. »Soll ich meinen Freund anrufen?« Warum ich das nicht selbst am besten wissen konnte, war klar. Es musste ein Schockzustand sein. Keine unangenehme Sache. Die Zeit fliegt, man bekommt nichts mit. Der Kellner sagte (glaube ich): »Gute Idee.« Ich rief jedenfalls Bruno an, versuchte aber, nicht panisch zu klingen, sagte nur, er müsse schnell kommen, der Junge sei gestürzt. Tage, an denen ich dankbar war, dass Bruno und ich dort arbeiteten, wo wir lebten; wir mussten nicht aus einem anderen Bezirk nach Hause reisen, was sehr praktisch ist, wenn einer von uns die Bremse vom Kinderwagen nicht betätigt hat.

Bruno kam, mein Bewusstsein auch. Eine Stunde später saßen wir in der Kinderrettungsstelle.

Als wir später am Abend zusammen auf dem Balkon saßen, war ich überzeugt, das sei das Dümmste gewesen, was ich jemals getan hatte. Aber Bruno ist Bruno, und er zählte mir sehr schnell Dinge auf, die sehr viel dümmer waren und die ich bereits getan hatte:

- Die Pizza mit Folie in den Ofen schieben
- Sein teures Sakko aus Kaschmirwolle bei 40 Grad in der Maschine waschen
- Im Dispo monatelang an einem Roman schreiben
- Keine Haftpflichtversicherung haben
- Denken, Leonard Cohen sei ein Schriftsteller
- Behaupten, ABBA sei überbewertet
- Überzeugt sein, YouTube-Videos gucken wäre ein Hobby
- Weiße Bettwäsche kaufen
- Dem Kind Kakao auf der weißen Bettwäsche erlauben
- Keine Back-ups auf meinem Laptop machen
- Mich in ihn zu verlieben

Es ist immer gut, wenn man sich schlecht fühlt, weil man etwas sehr Dummes gemacht hat, jemanden neben sich zu haben, der einem noch viel dümmere Sachen aufzählt.

SEPTEMBER

Meinen Hintern schiebe ich unruhig nach unten und winkle die Beine an. Ich liege auf dem Rücken, die Arme verschränkt auf dem Brustkorb, eigentlich eine angenehme Position für mich zum Einschlafen, aber nichts passiert. Der Sohn schläft, Bruno schläft, ich nicht. Langsam werden die Nächte schon kälter, ich drehe mich zum Sohn und ziehe ihm die Decke ein Stückchen höher. Eine kleine Miniheizung hat Bruno besorgt, die stellt sich aber nach zwei Stunden von selbst ab, weil sie sonst zu heiß läuft. Ich brauche eine Hose. Wie viele Nächte wir hier wohl noch verbringen werden? Bis Anfang Oktober, schätze ich, vielleicht Ende, wenn noch ein paar heiße Tage kommen. Ich rolle mich nach links, schiebe den Vorhang ein wenig zur Seite, um rauszufinden, wie dunkel es noch ist, weil ich an mein Handy nicht rankomme. Vielleicht ist es zwei Uhr nachts, nein, eigentlich keine Ahnung.

Erst mal kein zweites Kind. Da ist es wieder. Bruno und ich haben noch einmal darüber gesprochen, diskutiert, muss man schon fast sagen. »Erst mal« schien mir nicht mehr wie ein Aufschieben, sondern wie eine Ausrede, und wirklich widersprochen hatte er mir nicht. Bei anderen gibt es diese Art von Diskussionen nicht. Zumindest hat mir noch keine meiner Freundinnen Rückmeldung gegeben, wie es ist, wenn einer den anderen überzeugen muss. Wie soll man sich denn bitte besser fühlen, wenn man nicht weiß, es geht anderen schlechter? Und wie viel verbitterter würde mich diese Sache wohl noch werden lassen? Schlimm, wie man immer, immer, immer denkt, man sei die absolut einzige Person auf der Welt mit Problemen. Außer wenn der Fernseher läuft. Bei RTL *Explosiv* beispielsweise wünschte sich eine Frau aus Texas ein zweites Kind und bekam dann Drillinge. Schon besser. Sie konnte dann ihren Mann überzeugen, sie deswegen nicht zu verlassen. Wobei ich schon froh wäre, wenn ich Überzeugungsarbeit leisten könnte. Oder überhaupt Bruno mein Inneres besser erklären. *Ich möchte mit dir schlafen, in dem Wissen, wir zeugen ein Kind.* Stattdessen: »Experten sagen, es gibt Väter, die später gestehen, dass eine erzwungene Vaterschaft das Beste gewesen ist, was ihnen passieren konnte.« So was. Und: Wenn er sich auf ein zweites Kind einließe, würde ich die nächsten drei Jahre mit dem Schreiben aufhören und mich nur um die Kinder kümmern.

So schlecht fand ich meinen Ansatz nicht, weil ich Bruno wenigstens einmal nicht mit meinem Gefühlsdurchfall kommen wollte, sondern mich wie eine ganz sachliche Frau präsentieren, die ich gerne sein wollte. Dass ich das nicht wirklich wollte, also mit dem Schreiben aufhören, war mir in diesem Moment egal. In einem Podcast für Beziehungsfragen habe ich mal gehört, wie ein Therapeut sagte, wenn man streitet, soll man weich sitzen. Am besten in einem Sessel. Je bequemer man sitzt, desto weniger aggressiv wird man beim Streiten. Bruno schüttelte mit dem Kopf, als ich meinen Deal, der was von einem teuflischen Plan hatte, wiederholte. In der Nachbarparzelle rief Jochen seiner Frau zu: »Kannste mal kieken, ob der Empfang jetzt besser is?« Er stapfte vom Sicherungskasten wieder zurück, und ich hörte den Reißverschluss vom Vorzelt. Erst den Bogen hoch, Jochen lief durch, dann der Reißverschluss den Bogen wieder runter. Ich glaube, Bruno und ich sollten solche wichtigen Dinge nicht in Gartenstühlen besprechen. Katja und Walter schliefen schon längst, zumindest hoffte ich, sie würden tief und fest schlafen und nicht schon wieder alles mitbekommen.

Mein Lieblingsargument ist immer noch, dass ich, wenn der Junge mit 18 nach Australien ginge, wobei ich mich gedanklich nie weiter als Australien traue, weil ich nicht darüber nachdenken will, was wäre, wenn der Sohn nicht mehr da wäre, er also aus Australien theoretisch immer noch zurückkommen könnte, aber es in meinem schrecklichsten Szenario nicht tut, dass ich, um wieder auf das zweite Kind zu kommen, dieses ja dann immer noch hätte, welches ich mit meiner bedingungslosen Liebe überschütten könnte. Dadurch, dass ich immer wieder über den einen Gedanken nachdachte, entwuchsen mir neue Anschlussgedanken. Die ersten Gedanken an ein zweites Kind waren so vage, so undeutlich, und jetzt, nur ein paar Wochen später, betreibe ich den Gedanken an ein zweites Kind wie einen regelmäßigen Sport. Ein zweites Kind als Versicherung, ein zweites Kind als Spielkamerad für das erste Kind, ein zweites Kind als Grund für eine neue Wohnung, ein zweites Kind, weil alle anderen ein zweites Kind haben, ein zweites Kind, weil eine Familie eben erst ab dem zweiten Kind vollständig ist. Wie viele Gründe es gibt, überrascht mich. Keiner überzeugt mich einzeln, alle zusammen sind schrecklich abgebrüht. Ich gestand mir eine Kopfniederlage ein.

Wenn ich an das andere Kind denke, dann stelle ich mir noch einen Jungen vor. Die meisten Leute würden vermuten, ich hätte gerne ein Mädchen, weil die allermeisten gern beides hätten, einen Jungen und ein Mädchen. Im Prinzip ist es mir natürlich egal, aber in meinem Kopf sind es zwei Jungs, und das Konkrete daran gefällt mir.

Der Abend mit Bruno draußen vor unserem Wohnwagen kam zu einer Art Höhepunkt.

»Du kannst doch mal einen größeren Blick auf unser Leben riskieren, nicht nur auf die zwei, drei nächsten Jahre«, sagte ich.

»So wie das Tattoo, das du bereust?«

»Schweig!«

Bruno lacht.

»Hast du dir nicht mit 19 chinesische Zeichen auf den Rücken tätowieren lassen, weil du sie bei Sarah Connor so cool fandest?«

»Man kann die Planung eines Kindes ja wohl kaum damit vergleichen.« Ich legte mich auf die Wiese.

»Warum liegst du da jetzt?«

Ein bisschen klang Bruno jetzt genervt. Oder ich hörte nur noch alles in genervt. »Ich finde es hier unten halt bequemer.«

Ich hörte, wie Bruno sich eine neue Dose Bier öffnete. Über mir flog eine Fledermaus hinweg, der Himmel wurde immer dunkler, die Abenddämmerung würde bald vorüber sein. Besser einmal so falschliegen wie Sarah Connor und Marc Terenzi an einem spanischen Strand mit Klavier als nie ein spanischer Strand mit Klavier. Ich seufzte. Mit der Hand strich ich über den Rasen, der viele Sandlöcher hatte, Kieselsteine gruben sich unter meine Fingernägel.

»Es tut mir leid, Judith.«

»Schon okay, du musst dich nicht auf den Boden legen.«

»Nein. Ich meine was anderes. Es tut mir leid, ich kann dir nicht alle deine Wünsche erfüllen.« Bruno guckte ganz mitgenommen.

»Du entscheidest für mein Leben«, sagte ich.
»Du versuchst es ja auch«, sagte er.
Ich krabbelte auf Bruno zu, klopfte mir die Hände ab und strich ihm zärtlich über sein Gesicht. Eine Vertrautheit, die wir ab und zu herstellen können, wenn die Ruhe es uns erlaubt. Ich weiß nicht, wann wir uns das letzte Mal so lange in die Augen geschaut haben, ohne zu sprechen.

Meine Persönlichkeit besteht darin, immer ein und dieselbe Person zu sein mit unterschiedlichen Gefühlslagen, während Bruno unterschiedliche Personen von sich zeigen kann, aber mit nur einem, nicht nach oben oder unten ausschlagenden Gefühlsstrom. Ich bin ein offenes Buch, wie man so sagt, jeder kapiert mich schnell. Bruno hingegen ist eine Bedienungsanleitung auf Niederländisch für etwas, das man unbedingt zusammenbauen möchte. Nach wem der Junge wohl mehr kommt, interessiert mich bei allem, was er tut, und ich glaube, es am deutlichsten zu erkennen, wenn er sich in einer Gruppe von Kindern befindet – nach Bruno.

»Vielleicht solltest du dir einen Mann suchen, also einen psychisch gesunden Mann, der mit dir ein Baby machen möchte. Einen, der dir alles gibt, was du verdienst.«

Das Schweigen hat mir besser gefallen. Ich glaube, Bruno war ein bisschen betrunken. Oma Karin hat mal über Ehemänner zu mir gesagt: »Besser ein Ei heute als ein Huhn morgen.« Das passte zu Brunos Satz, und ich malte mir aus, wie er wohl reagieren würde, wenn er ihn hörte. Ich drückte meinen Mund auf seinen. Vorsichtig bat ich mit meiner Zungenspitze auf seinen Lippen um Einlass. Sein Mund öffnete sich leicht, und wir küssten uns.

»Wollen wir schlafen gehen?«, flüsterte Bruno.

Säßen wir jetzt in der Schule, würde vermutlich die Klingel schrill läuten und den Unterricht für beendet erklären. Tatsächlich wurde es aber allmählich frischer, die Mücken verzogen sich. Ich sah noch eine Fledermaus aus dem Baum fliegen und schloss die Tür vom Wohnwagen. Bruno schlief dann blitzartig ein, ohne noch einmal aufzuwachen.

Meinen Hintern drehe ich nun in die andere Richtung. Dann höre ich ein Rascheln. Nicht sehr laut, aber deutlich aus der Sitzecke kommend. Irgendetwas ist unter dem Wohnwagen. Hoffentlich nicht im Wohnwagen. Ich klettere erst über den Jungen, dann über Bruno, was mir mittlerweile geräuschlos gelingt, und schnappe mir das Handy auf der Küchenzeile. Das Rascheln verstummt. Mit der Taschenlampe im Handy suche ich den Wohnwagen ab, werfe Kissen und Decken auf den Boden. Die Polster lege ich auf die gegenüberliegende Sitzseite. Nichts. Vorsichtig öffne ich die Holzklappe, die schrecklich laut knarrt, egal wie sehr ich mich bemühe, sie leise zu öffnen. Nichts. Aber ein paar schwarze Kugeln liegen da. Trotz des grellen Lichts sehe ich nicht, wo ein Loch sein könnte. Das muss ich wohl von außen genauer inspizieren. Ich öffne die Tür vom Wohnwagen, wobei sich gleich ein kalter Wind um meine nackten Beine schlingt. Merkwürdig, den Campingplatz im Dunkeln zu sehen, ohne die Bewegungen vom Tag. Es pfeift und raschelt, die Wohnwagentür klappert. Irgendwo knistert es, aber ich kann nicht sagen, was es ist. Vielleicht lacht die Nacht mich gerade aus, was sich der Tag nicht traut. Ich jedenfalls finde, die Nacht klingt unterhaltsam. Nur die Laterne leuchtet und mein Handy. Und wenn man romantisch ist, würde man jetzt noch sagen, die Sterne leuchten auch. Ich sehe den großen Wagen und bin fasziniert, obwohl ich den Großen Wagen schon richtig oft gesehen habe, aber ich stehe jedes Mal woanders, und deswegen finde ich es immer wieder von Neuem beeindruckend. Am liebsten würde ich auf den Wohnwagen steigen, den Nachthimmel zu mir heranziehen und die Sterne mit meinen Fingern auskratzen. Die Sterne in einen Beutel legen und für schlechte Momente aufheben. Ich wünschte, der Sohn wäre jetzt bei mir, damit ich ihm das zeigen kann. Es wäre sein erster richtiger Sternenhimmel. Ich werde sofort traurig. Alles, was der Junge zum ersten Mal erlebt, ist gleichzeitig das letzte erste Mal, was immer eine Mischung aus Freude und Traurigkeit bedeutet und was keine Kamera jemals mit aufnehmen könnte. Wehmütig lege ich meistens meinen Kopf zur Seite, was anderes bleibt einem als Mutter nicht übrig. Es ist diese Hoffnung in mir, eine bewusste Entscheidung für ein Kind, anders als beim ersten Mal, würde uns als Familie noch fester zusammendrücken. Vielleicht ist es das, was mich mit dem zweiten Kind so umtreibt. Ich will verlängern. Ich will das Leben, das ich mit Bruno und dem Kind habe, um ein paar Jahre verlängern. Etwas von dem hinten dranhängen, was wir gerade haben. Jeder verliert einen Tag, der nicht noch mal wiederkommt. Was macht man mit den Tagen, die vor einem liegen?

Ganz tief in mir drinnen liebe ich uns drei, uns drei für immer. Neulich, da hat Bruno gesagt, er würde schon gern wissen, wie noch ein Kind von uns beiden aussieht. Ich erschrak richtig, so etwas hatte er noch nie gesagt. Aber ich erschrak nicht, weil ich mich freute, sondern weil ich zweifelte. Für eine Millisekunde bedrohte diese Vorstellung mein Konzept von uns dreien.

An der Ecke vom Wohnwagen vermute ich das Loch. Erst gehe ich in die Hocke, dann lege ich mich halb unter den Wohnwagen, was wahnsinnig bescheuert ist, weil es so stockduster an

Gruseligkeit nicht zu überbieten ist. Das Handy führe ich einmal unten an der Leiste entlang. Oder wo eine Leiste hätte sein sollen. Da ist kein Loch, sondern ein ganzer Spalt. Hier könnte ein Hase durchpassen, wenn er sich wie in einem Comic ordentlich langzieht. Bei der Besichtigung war ich natürlich nicht auf die Idee gekommen, unter den Wohnwagen zu schauen. Wahnsinn.

Eine Maus sehe ich nicht, vielleicht ist sie schnell entwischt, als ich angefangen habe, den Polsterkram umzuräumen. Ich hoffe, es ist nur eine Maus. So oder so: Wir haben eine.

***

Erkenntnis: Es gibt viele Wege, eine Maus zu töten. Man kann Schlagfallen, Elektrofallen, Lebendfallen oder Giftfallen kaufen. Deswegen muss man sich gleich zu Beginn entscheiden, ob die Maus sterben soll oder nicht. Bei einer Schlagfalle, der Klassiker unter den Fallen, bei der man einen Köder auf eine Scheibe legt, tötet man die Maus mit einem Genickbruch. Giftsäcke auslegen tötet die Maus. Elektroschock tötet die Maus. Lebendfallen töten die Maus nur, wenn man vergisst, man hat eine Maus gefangen. Wichtig ist, sich von den Mäusen mit ihren kleinen schwarzen Knopfaugen, den putzigen Nasen nicht täuschen zu lassen. Wenn man einmal anfängt, darüber nachzudenken, hat man den Kampf verloren. Hat Jochen gesagt. Jochen sagt auch, Mäuse seien Schädlinge, die in einem Jahr locker 2000 Nachkommen zeugen könnten. Toll, was Mäuse im Gegensatz zu mir erreichen. Jochen weiter: Eine Elektrofalle ist effektiv, weil man sie wiederverwenden kann und sie die Maus relativ schnell tötet. Wie viel relativ in Sekunden ist, hat er nicht gesagt. Ein bisschen wurde mir ja schon mulmig bei all diesen mörderischen Möglichkeiten.

Ich berichte Bruno von meinen neuesten Erkenntnissen. Maus heißt jetzt nicht mehr Maus, sondern Schädling. Ergo bin ich eine Schädlingsbekämpferin, keine Mausmörderin. Keine Mausmörderin. Ich durchforste das Internet. Die Moderne möchte mich bei meinem Vorhaben unterstützen. Auf einer Webseite namens »Best Nature« wird die M3L-Mausefalle beworben, die mittels Solarzellen eine SMS aufs Handy schickt mit der Botschaft »Maus erledigt«. Als Köder wird Nutella empfohlen. Die Schädlinge mögen Nutella. Ich mag Nutella – jetzt bloß nicht einknicken wegen gemeinsamer Vorlieben. Das ist nicht Feivel Mauskewitz. Am Rand der Webseite lenkt mich außerdem eine Möbelhauswerbung mit einer Stehlampe in dänischem Design ab. Ein Geistesblitz ist es nicht, aber mir kommt der Gedanke, ich bin diese moderne Falle nicht. Raffiniert und technologisch töten passt nicht zu mir. Wobei ich mich bis dahin eigentlich noch nie gefragt habe, welcher Tötungsstil eigentlich zu mir passen würde. Der Maus eine perfekt konstruierte Falle hinzulegen, ohne auch nur die geringste Chance einer Überlistung, ist so typisch Mensch, seine Überlegenheit zu demonstrieren, ich weiche schnell wieder davon ab. Bruno bekommt also den Auftrag von mir, im Bauhaus eine stinknormale Falle zu kaufen, fertig.

Als Bruno mit der Tüte Mausefallen ankommt, schneide ich dem Sohn gerade die Fingernägel. Mir gefallen unsere Nagelsitzungen, die kleinen Fingerchen mit den kleinen Nagelbettchen, die er mir erlaubt zu pflegen. Ab und zu kontrolliert der Kleine meine Arbeit, zieht die Hand für einen Moment weg, geht mit der Zungenspitze an die Fingerkuppe, wartet ab, nichts passiert, dann legt er seine Hand wieder in meine, und ich darf weitermachen. Manchmal nimmt er einen abgeschnittenen Nagel zwischen die Finger und inspiziert das Teil ganz genau. Wie mich so etwas bewegen kann, nicht aber der Tod eines Fellwesens, erschließt sich mir nicht.

»Und? Warst du erfolgreich?«

»Ja, ich glaube, die werden es bringen.«

Ich mache dem Jungen einen Zeichentrick an und laufe zum Tisch. Drei kleine Fallen aus Holz mit Schlagbügel. Ich lobe Bruno für den Kauf. Der aber guckt die Mausefallen eingehend an.

»Was?«, frage ich.

»Schon irgendwie komisch.«

Jetzt knickt doch wohl nicht etwa Bruno ein. »Sind Schädlinge«, sage ich.

»Ja, Schädlinge.«

Wir gucken beide die Fallen an, als würde Geld vor uns auf dem Tisch liegen, das wir in einem Umschlag auf der Straße gefunden haben. Ich habe noch nie gehört, dass wirklich mal jemand einen Umschlag mit Geld gefunden hat, aber ich habe mich schon oft gefragt, wie ich handeln würde, wenn denn so ein Umschlag vor mir läge.

»Meinst du, wir können wirklich Mäuse töten?«, fragt Bruno.

Der vermutlich kaltblütigste Satz, den ich jemals in meinem Leben gesagt habe: »Wir werden es rausfinden.«

* * *

Zwei Tage später sind wir wieder auf dem Campingplatz. Ich parke das Auto vorsichtig aus, um zum Bäcker zu fahren. Eine Flügeltür des Zauns an der Ausfahrt ist geschlossen. Die Verhandlung geht schnell: Klar schaffe ich es mit dem Auto durch nur eine Seite. Mein Auto kenne ich doch langsam, was meine Faulheit mir bestätigt, die nicht aus dem Auto aussteigen möchte, um die zweite Seite zu öffnen. Ganz vorsichtig fahre ich an. »Läuft für mich, Mausi«, sage ich zum Jungen. »Augenmaß kann die Mami.« Zwischen Auto und Zaun hat locker eine Hand Platz. Ein letzter Zweifel. Ich fahre weiter, gebe kaum Gas, die Hälfte ist geschafft. Dann ein Geräusch. Ein fieses Geräusch, das sofort in meinen Körper eindringt. Der Junge ist mucksmäuschenstill. Es klingt nach Schaden. Was war das? Vorsichtig fahre ich weiter, das Geräusch verstummt nicht, aber ich muss weiterfahren. Scheiße. Ich bin durch die Ausfahrt und steige aus. Sofort sehe ich, was es war: Schrauben am Zaun, die ich so weit unten am Zaun nicht gesehen hatte. Zwei Schrauben, die an meinem Auto entlanggeschrammt sind. Wenigstens sind wir unverletzt. Zeugen? Zwei schwarze Vögel, vielleicht Raben, sitzen im Baum, und ich könnte schwören, sie schauen genau zu mir runter und zwitschern so was wie »dumme Frau«. Mein zweiter Unfall. Der Junge winkt durch die Autoscheibe. Vor zwei Wochen habe ich im Schritttempo ein Taxi gestreift. Wenn ich weiter im Schritttempo Unfälle baue, nimmt mich bald keiner mehr ernst, wenn ich sage, ich fahre vorsichtig.

Eine Viertelstunde später. Beim Bäcker ist der Kaffee ausverkauft. Deswegen sind wir aber doch hier. Einmal morgens einen schönen Kaffee trinken, scheiß Zaun. Mir ist es peinlich, nichts zu kaufen, weil ich nicht möchte, dass jemand denken könnte, ich hätte mein Leben nicht im Griff. 34 Jahre bin ich alt, bekloppt. Dann sehe ich wieder die Haube mit dem rasierten Kopf der Bäckerin, gerate in Ungnade vor mir selbst wegen meines lächerlichen Unfalls, der mir seit einer Viertelstunde nicht aus dem Kopf gehen will. Ich kaufe Milch, um den Anschein zu erwecken, ich hätte Kaffee zu Hause. Und noch drei Kuchenstücke, Himmel, gehe ich mir selbst auf die Nerven. Draußen vorm Bäcker muss ich kurz durchatmen; der Junge hat einen riesigen Käfer auf dem Boden gesehen, der ihn fasziniert. Da sehe ich ein Schild, direkt neben dem Eingang: »Buddhistische Klosterschule«. Ein Pfeil zeigt geradeaus. Das Schild ist mir noch nie vorher aufgefallen.

Vortrag über einführende Lehre in den Buddhismus, Mittwoch um 18 Uhr.

Ich frage jemanden aus der Schlange. »Gehört das zum Bäcker?« »Ja, dit sind Buddhisten, wissen wa doch alle«, antwortet mir ein Mann, der mich wegen meiner Unwissenheit ungläubig ansieht. Buddhisten! »Die verkofen hier den Kuchen, um sich ihren Lebensunterhalt zu sichern. Dit sind Aussteiger.« Der Junge hat sich vom Käfer gelöst und versucht auf einen Baum zu kommen. Ich rufe, er soll es bitte lassen. Der Mann sagt: »Dit ist een Junge, lassen Se ihn doch klettern.« Ich ignoriere den Mann und gehe zum Sohn.

Kinder, alles Jungs, haben damals gerufen: »Du bist ein Mädchen. Mädchen können nicht auf Bäume klettern.« Dann stieg ich auf den Baum. Unbeholfen, aber überzeugt, ich könne sehr wohl auf einen Baum klettern. Meine Beine schürfte ich mir an ein paar angebrochenen Ästen auf, von der Kniekehle aus spürte ich eine Blutlinie das Bein runterlaufen. Ich kletterte immer höher und höher und noch höher, wenn ich eine weitere Etage geschafft hatte. Ich kletterte so hoch, die Jungs würden nie wieder sagen, ich könnte das nicht. Von oben blickte ich runter. Die Jungs waren weg.

Ich stupse den Po meines Sohnes nach oben. Dann ziehe ich uns ein gutes Stück weiter hoch, der Junge macht es sich auf meinem Schoß bequem. Der Ast würde uns sicher halten; wenn wir fliegen, dann nicht tief. Jetzt sitzen wir da. Im Baum vor einem buddhistischen Bäcker. Ich fühle mich wie damals, nur eben ganz anders. Buddhisten, unfassbar.

***

Bevor auf dem Campingplatz das Wasser abgestellt wird, muss noch mal ordentlich gefeiert werden. Das große Sommerabschlussfest steht an. Unten am See. Bruno hat eigentlich gesagt, er habe keine Lust, dorthin zu gehen, aber ich meinte, diese Veranstaltung gehöre in meinem Erinnerungsschrank ganz nach oben. Allmählich mache ich mir Sorgen, wie das alles werden soll. So ohne Campingplatz am Wochenende. Ohne See, ohne Lichterketten, ohne den halb nackten Günther den ganzen Tag.

Ich laufe mit dem Sohn den Kiesweg zu unserem Wohnwagen runter. Schon mehrere Leute haben mir hier gesagt, mein Junge sei ein Sonnenschein, deswegen laufe ich nicht schüchtern mit ihm über den Campingplatz. Die ersten Blätter und Wespen liegen schon auf dem Boden. Natürlich trage ich den Sohn auf meinem Arm. Ein ganzer Sommer ist vergangen, und er weigert sich immer noch, auch nur einen einzigen Schritt auf dem Kiesweg selbst zu gehen. »Arm!«, sagt er ganz entschlossen, und ich bin verblüfft, wie selbstverständlich er schon jetzt keinen Bock auf etwas hat. Der Sohn befiehlt mir kurz darauf, beim Dekohund von der Stasi stehen zu bleiben. Zwischen den Gänseblümchen, direkt am Eingang zur Parzelle. Diese hässliche braune Miniaturbulldoge aus Stein, die im Dunkeln so aussieht, als würde sie jeden Moment von unten zur Seite geschoben werden wie ein Deckel und dann würde irgendwas Schlimmes aus der Erde springen. Aber egal, wie schrecklich ich den Steinhund finde, bei meinem Sohn löst er Glücksgefühle aus, weswegen ich natürlich stehen bleibe. Eigentlich möchte ich ihm ja beibringen, wir begrüßen oder verabschieden Gegenstände nicht. Trotzdem sagt er freundlich: »Aallo Wauwau«, und ich bin wie jedes Mal ganz gerührt von seinem zarten Stimmchen und den Buchstaben, die er beim Sprechen verschluckt.

»Allo Wau. Guck, Mama, guck, ein Wauwau.«

»Hund«, flüstere ich dann und streiche ihm die Haare aus der Stirn. Er kniet sich runter zu dem Hund. Ich verstelle die Stimme und sage: »Hallo«. Dabei klinge ich eher wie die Interpretation eines zottligen Bärs statt wie ein Hund, aber mein Sohn flippt komplett aus, weil der Steinhund ihm antwortet. Irgendwann wird er schon noch rausfinden, dass Gegenstände nicht sprechen können, denke ich. Bis zur Einschulung bekommen wir das ganz sicher hin.

Wir gehen weiter. Allmählich packen die Camper ihre Wagen voll und stapeln die letzten Reste des Sommers in ihre Kofferräume. Bei manchen kann man bereits jetzt erkennen, für wen diese Saison endgültig vorbei ist. Große Kisten werden eingeladen. Die Kiste mit den Dosentomaten, den Nudeln, dem Reis. Die Kiste mit den Gewürzen, den Ölflaschen und Cocktailsaucen. Plastiktüten mit alter Wäsche und Unmengen an Premium-Klopapier werden tief in den Kofferraum reingedrückt.

»Mädel, sehn wa uns nachher noch?«

»Klar, Günther, keine Party ohne uns.« Dann knallt die Kofferraumtür zu.

Wir kommen am Wohnwagen an. Bruno steht auf einer Leiter und bemüht sich, den Winterbezug halbwegs elegant über den Wohnwagen zu ziehen. Uneleganter kann man dabei aber eigentlich nicht aussehen. Die Leiter wackelt, und Brunos Hose ist ein gutes Stückchen runtergerutscht. Ich finde dieses Bild von Bruno auf der Leiter schon wieder wahnsinnig entzückend. Aber ich hole mein Handy nicht raus, sondern drücke mein Gesicht ganz fest an das meines Sohnes, damit wir beide keine einzige seiner Bewegungen verpassen.

Wochenlang haben wir die Frage, wie wir den Wohnwagen winterfest machen, vor uns hergeschoben. Drei Möglichkeiten standen zur Auswahl: 1. In einer Scheune unterstellen. 2. Ein Dach drüberbauen. 3. Eine Plane drüberziehen. Weil die beiden ersten Optionen mit sehr viel mehr Kosten und Aufwand verbunden waren, entschieden wir uns für die billigste und einfachste Option: die »Hindermann Wintertime Schutzhülle«. Besonders das Wort »Winter« gefiel uns gut. Ich bestellte sie sofort und gönnte uns zur Abwechslung mal eine schnelle und einfache Lösung. Kaufen, drüberziehen, fertig. Es werden keine Gefühle dabei verletzt. Niemand muss unter der Dusche weinen. Ich wünschte, man könnte über alles eine »Hindermann Wintertime Schutzhülle« ziehen. Über Brunos Kopf. Über meine Gebärmutter. Herzlichen Dank, genießen Sie Ihren Winter. Wir Probleme melden uns dann im Frühjahr wieder bei Ihnen.

»Kannst du hier mal kurz ziehen?«, ruft Bruno.

Ich setze den Jungen ab, der sich ganz genüsslich auf seinen Po fallen lässt und keine Anstalten macht, irgendwohin zu laufen. Gemeinsam zerren wir an der Schutzhülle, als könnten wir jetzt etwas schaffen, was uns sonst einfach nicht gelingt. Der Himmel über uns ist knallblau und scheint seine Verantwortung als Himmel heute richtig ernst zu nehmen. Für eine Millisekunde fühlt es sich so an, als hätten wir beide nicht die Schutzhülle, sondern unser gemeinsames Leben fest im Griff. Und das auch noch vor den Augen unseres Sohnes. Heute keine Punkte auf der Elterntafel des schlechten Gewissens. Wir haben auf dem Campingplatz oft so getan, als wäre das unser richtiges Leben. Als gäbe es die Wohnung in Neukölln gar nicht, keine Texte, die geschrieben und abgegeben werden müssen, keine Briefe vom Finanzamt, keine Termine, keine Beziehungskrisen, als wäre jeder Tag ein entspannter Tag am See. Ich habe richtig Schiss, es geht zu Ende und wird nie wieder so schön sein.

Bruno steigt von der Leiter und läuft prüfend um den Wohnwagen. »Sag mal, riecht es für dich hier nach Gas?«

»Nein, ich rieche nichts«, sage ich. Und meine Antwort scheint Bruno zu reichen.

»Wann geht die Feier heute noch mal los?«, fragt er.

»Um 16 Uhr.«

»Ich glaube, ich freue mich jetzt doch irgendwie darauf.«

»Ich mich auch.«

Bruno lächelt mich an. In diesem Moment stellt sich Jochen dazu. Wie am ersten Tag begutachtet er den Wohnwagen. Ich nehme den Sohn wieder auf den Arm und präsentiere stolz unsere Schutzhülle. »Der Wohnwagen hat jetzt eine Jacke«, scherze ich. Jochen nickt. Ich kann mir Jochen nirgendwo anders vorstellen. Wie könnte er jemals auf einer Couch sitzen und Fernsehen schauen? Oder mit dem Bus zur Arbeit fahren? Wobei mir klar wird, ich weiß überhaupt nicht, was Jochen beruflich macht. Er räuspert sich. Komisch, wie er auf einmal die Arme verschränkt. Mit so einem bedepperten Gesichtsausdruck sagt er: »Ihr müsst dit aber unten noch besser sichern. Im Winter kommen viele Mäuse vom Feld hier rüber. Die Viecher sind schlau.«

Abgang Jochen, und jetzt stehen wir da mit bedepperten Gesichtern.

»Reicht da Gaffa?«, frage ich Bruno.

In der Kleingartenanlage meiner Großeltern gab es jährlich ein großes Kinderfest. Auf der Wiese vor dem Vorstandshaus wurden Stände für den Kuchenverkauf aufgebaut, es gab Kinderschminktische, verschiedene Spielstationen, fröhliche Nachbarn, die den Kindern einen Mordsspaß bereiten wollten. Ich liebte das Fest, die Vorbereitungen dafür, die Gesamtstimmung, die dieser Tag hervorbrachte. Und doch passierte etwas, von dem ich mir bis heute nicht erklären kann, warum ich es getan habe. Neben dem Haus vom Vorstand stand eine kleine Notrufsäule. Aus irgendeinem Grund, während alle ausgelassen feierten, ging ich rüber zu der Notrufsäule und schlug die Scheibe ein. Ich nahm den Hörer in die Hand, in dem sich gleich eine männliche Stimme meldete. Ein Wort, ich sprach nur ein Wort in den Hörer. Ich sagte: »Hilfe.«

Ein Kind sah mich von Weitem und rief laut: »Hey, das Mädchen da hat die Scheibe eingeschlagen.« Ich erinnere die Panik, die sofort in mir aufstieg, und das unmittelbare Bewusstsein, ich hatte etwas ganz Furchtbares getan. Die Musik wurde unterbrochen, keiner sagte mehr etwas. Die Kleingartenanlage starrte ungläubig in das Gesicht einer Schuldigen. Ein Kleingärtner rannte auf mich zu, fluchte, was mir einfiele, nahm den Hörer in die Hand und versuchte die Lage aufzuklären, aber niemand antwortete mehr.»Tja, Fräulein, dann rücken die jetze wohl an. Dit wird Ärger für dich jeben. Dit wird richtig teuer für Oppern und Ommern.« In was für eine Scheißsituation ich plötzlich meine Großeltern gebracht hatte. Der Kleingärtner war aber noch nicht fertig.»Die nehm' dich bestimmt mit.« Es war eine Straftat, die Feuerwehr zu rufen, wenn es gar nicht brannte, weil dann theoretisch die Feuerwehr nicht da sein konnte, wo es wirklich brannte. Schlagartig bekam ich Angst, ich müsse ins Gefängnis. Und wie schrecklich war es, jetzt auf das Unheil, welches mir unmittelbar bevorstand, auch noch warten zu müssen. Weiter starrten mich alle ratlos an. Man fing an, sich zu fragen, wessen Kind ich überhaupt sei.»Is dit nich die kleene Poznan?«

Ich war sieben Jahre alt und wusste, die besten Tage lagen nun wohl hinter mir. Das Schlimmste, was ich bisher erlebt hatte, war der Tod von Thomas J., der sterben musste, weil er den Stimmungsring von Vada suchte und die verdammten Bienen kamen. Auf der Beerdigung schrie Vada unter Tränen: »Wo ist seine Brille? Er kann doch ohne seine Brille nicht sehen. Setzt ihm die Brille doch auf! Er kann nichts sehen!« Die traurigste Filmszene aus meiner Kindheit, die erste Szene, in der ich weinen musste. Das hier war schrecklicher. Gleich käme die Feuerwehr. Schnell sprach sich herum, was passiert war, und es kamen immer mehr Kleingärtner dazu, so was hatte die Kleingartenanlage noch nie erlebt. Und ich? Ich stand einfach nur da. Verzweifelt, aber nicht in der Lage, mit der Verzweiflung umzugehen. Alle Kleingärtner, wie eine Sekte im Kreis, starrten mich weiter an.

Dann spürte ich, wie sich eine Hand in meine legte. Eine große, raue Hand. Ein vertrautes Gefühl. Ich blickte nach oben. Es war Opa Wolfgang, halb nackt, wie ich ihn kannte. Er sagte nichts, stand einfach nur neben mir, als wolle er die grausamen Blicke von mir auf sich lenken. Wie einer, der sich bei einem Kugelgewitter vor einen anderen wirft. Dann hörten wir die Sirenen in der Ferne und wie sie immer näher auf uns zukamen, und ich drückte die Hand von Opa Wolfgang ganz fest.

Opa Wolfgang drückte meine Hand zurück, mit der anderen nahm er eine Zigarettenschachtel aus der Hosentasche, zog sich mit dem Mund eine Zigarette raus und rauchte. Er gehörte zu den Vorstandsmitgliedern der Kleingartenanlage, es musste ihm unglaublich peinlich sein, was ich da angestellt hatte. Aber er sagte nichts. Er stand die Situation einfach schweigend mit mir aus. Die Sirenen wurden immer lauter, gleich mussten sie da sein. Wir schwiegen weiter. Wenige Sekunden später stand die Feuerwehrkolonne vor uns, ausgerüstet für den Jahrhundertbrand. Man darf sich vorstellen, wenn eine Kinderstimme »Hilfe« in den Hörer einer Notfallsäule spricht und am anderen Ende die Feuerwehr sitzt, dann kommen die nicht mit einem Wagen, nein, die kommen gleich mit zwei Feuerwehrwagen und einem Sanitätsfahrzeug an.

Opa Wolfgang sprach: »Das war meine Enkeltochter. Sie hat aus Versehen die Scheibe eingeschlagen.« Log Opa Wolfgang da etwa? Ich war noch ein kleines Kind, aber meine Tat mit einer Lüge zu mildern, kam dann doch etwas überraschend. Ich war froh, dass er mich nicht zwang, irgendetwas zu sagen. Trotzdem rief ich wie auf Bestellung: »Entschuldigung!« Der Feuerwehrmann gab ein Zeichen an die Kollegen, und so schnell, wie sie gekommen waren, so schnell fuhren sie wieder ab. Opa Wolfgang hatte nicht ein einziges Mal meine Hand losgelassen. Auch nicht, als wir zusammen zu unserem Garten zurückliefen.

***

Alle sind zum großen Sommerabschlussfest gekommen. Viele sind wir deswegen nicht. Auf den ersten Blick sehe ich unsere versammelten Nachbarn vom Campingplatz und vermute, die vereinzelten unbekannten Gesichter sind Gäste, die am See zelten und nach einer Nacht wieder abhauen. Schilling ist auch da. Er steht ganz entspannt im Abendlicht allein an einen Baum gelehnt und guckt aufs Wasser. Ich denke, der Schilling ist kein Unmensch, er mag nur einfach Regeln gern. Ich entdecke Günther und Jochen, wie sie am Ufer auf zwei Klappstühlen sitzen und Zigaretten rauchen. Erst winkt mir Katja zu, dann Walter. Jemand hat sich die Mühe gemacht, ein paar Laternen in den Baum zu hängen, Musik gibt es auch. Es läuft »Spending My Time« aus einer Box, die auf einem Tisch steht, dahinter ein Typ, der nicht im Geringsten aussieht wie Per Gessle oder Marie Fredriksson oder auch nur im Entferntesten Musik machen könnte wie Roxette, was meine Stimmung für einen Moment hebt. Die Gäste sehen alle aus wie kleine Inseln auf einer Landkarte, kleine Grüppchen, die sich leicht der Anordnung der Parzellen zuordnen lassen. Doch, ich würde sagen, das ist die mit Abstand beste Feier seit Langem. Ich sehe leere Bierflaschen, die auf Tischen stehen, und Kinder, die wild zwischen Stühlen umherrennen. »Mausi, schau mal, hier sind ganz viele Kinder«, sage ich. Mit dem Sohn im Arm laufe ich zum Tisch von Katja und Walter, die uns einen Platz freigehalten haben. Nach ein paar Minuten kommt Bruno. Sein Blick ist zum Boden gerichtet. Die Feier ist an ein Restaurant angeschlossen, das von der Terrasse aus einen direkten Zugang zum See hat. Bruno legt seinen Arm um mich und fragt, ob ich was hätte. »Nichts«, sage ich und gebe ihm einen kleinen Kuss, den ich aber gar nicht so meine, was man daran erkennen könnte, dass ich meine Lippen ganz spitz mache. Eigentlich war der Nachmittag ganz schön, der Wohnwagen ist verpackt und winterfertig, aber ich spüre, irgendwas ist mit Bruno. Katja holt eine Tupperdose mit ihrem Quinoa-Salat darin heraus. Bruno sagt: »Ja, ich nehme gern etwas davon.«

Ich: »Ich dachte, du magst keinen Quinoa-Salat?«

Bruno: »Doch, ich finde Quinoa-Salat eigentlich mittlerweile ganz lecker.«

Ich: »Also hast du deine Meinung über Quinoa-Salat geändert?«

Bruno: »Ja. Und?«

Ich schlage auf den Tisch. So richtig mit der Faust schlage ich auf den Tisch, eine Flasche fällt sogar um. Ich erschrecke mich selbst, weil ich dachte, der Tisch wäre etwas massiver, aber tatsächlich bebt kurz die gesamte Erde. Katja guckt mich entsetzt an. Walter schaut zu Bruno. Die Blicke gehen wild durcheinander, ich spüre das Starren der Leute, die hinter mir sitzen, in meinem Rücken.

Katja sagt: »Es ist genug Quinoa-Salat für alle da.«

»Darum geht es nicht«, sage ich und adressiere damit Bruno, der die Tupperdose wieder zu Katja zurückschiebt.
»Worum geht es denn?«, fragt Walter.
Ich drehe mich zu Bruno, um zu signalisieren, es sei eine Angelegenheit zwischen mir und ihm, was an einem Tisch mit Freunden auf einer Feier mit Nachbarn unter freiem Himmel grotesker nicht sein könnte. Aber die Wut schießt um sich wie eine Packung Knallerbsen auf Betonboden. Und weil mir bewusst ist, wir sind in der Öffentlichkeit, flüstere ich wütend.
»Es ist immer so«, flüstere ich also zwischen meine Zähne hindurch. »Erst sagst du, du magst etwas nicht, und dann probierst du es aus, und ganz plötzlich findest du Gefallen daran. Ich finde das nicht fair.« Wenn ich den ganzen Abend so rede, wird mein Kiefer vermutlich brechen.
Walter sagt, er könne ja mal mit den Kindern runter zum Sandkasten gehen, die erste Aufpassschicht machen, was eigentlich sehr nett ist, ich bin aber zu sehr mit Sauersein beschäftigt, um mich zu bedanken.
Bruno flüstert: »Ja, aber vielleicht habe ich bisher einfach keine guten Quinoa-Salate probiert?«
»Es geht nicht um den verdammten Quinoa-Salat!« Eigentlich geht es ja doch um den Quinoa-Salat, aber ich hoffe, Bruno versteht die Meta-Ebene.
Tut er nicht. Er redet weiter über den Quinoa-Salat.
Katja sagt: »Ich frage mich, ob die Stasi auch hier ist. Ist ja wirklich merkwürdig, dass wir sie noch nie gesehen haben.«
Bruno sagt: »Richtig gehasst habe ich Quinoa-Salat noch nie.«
Nun stehe ich vom Tisch auf, ziehe den Reißverschluss meiner Jacke bis ganz nach oben und laufe runter zum See. Das

Weglaufen vor solchen Situationen, ganz besonders, wenn man sie selbst verursacht hat, ist wahrscheinlich meine unsympathischste Eigenart. Ich muss etwas Passives tun. Meine Entgleisung ist mir peinlich. Einfach nur sehr peinlich, höchst peinlich, so peinlich, wie jemandem etwas peinlich sein kann. Peinlich. Ich will nicht schwierig sein. Wobei. Warum eigentlich nicht auch mal schwierig sein? Wir haben eine Krise, denke ich. Nur eine Krise, die bestimmt bald keine Krise mehr ist.

Der Junge spielt mit den anderen Kindern im Sandkasten, ich winke einmal beherzt, versuche, mutig ein Lächeln in mein Gesicht zu bekommen, welches nicht falscher sein könnte, aber mein Kind hat trotzdem zu jedem Zeitpunkt, in dem ich es versiebe, ein mutiges Lächeln verdient. Dann schaue ich auf den See, der ruhig vor sich hin- und herschwappt, ich schaue so gebannt, mir wird richtig heiß, ich möchte am liebsten mit Klamotten reinlaufen, um mich abzukühlen. »Mädel«, höre ich und drehe mich um. Günther und Jochen heben ihre Flaschen zum Prost.

»Haste deine Maus schon jefangen?«, will Günther wissen.

»Nee, noch nicht«, sage ich.

Bruno kommt angelaufen, ich höre, wie er Jochen und Günther grüßt.

»Da kommt ja dein Mann«, sagt Günther.

Ich nicke. Bruno stellt sich neben mich. Wir gucken aufs Wasser. Und um uns herum steht alles Unausgesprochene, alles, was wir versucht haben, einander in den letzten Wochen zu sagen, aber nicht konnten, weil wir wir sind, und was Besseres als das ging nun mal nicht. Ich drehe mich zu Bruno und sage: »Du darfst es vor mir niemals zugeben, wenn du es bereust, sollten wir kein zweites Kind bekommen haben.«

»Ich wusste, es geht nicht um den Quinoa-Salat.«
»Bruno, auch wenn wir alt und glücklich sind. Oder getrennt und glücklich. Oder unglücklich, ganz egal. Du musst mir schwören, wenn wir kein zweites Kind bekommen und du es jemals bereust, es mir niemals zu sagen.«
»Gut.«
»Schwör es mir!«
»Ich schwöre, sollte ich es jemals bereuen, falls wir kein zweites Kind machen, dass ich es dir niemals sagen werde.«
Bruno schaut hoch zum Himmel. »Ich habe vorhin eine Tavor genommen. Nur eine halbe. Jetzt weißt du es.«
»Ich habe es mir schon gedacht.«
Ein neues Lied wird gespielt. Und in diesem Moment hören wir ein Krachen von einem Tablett, das runtergefallen ist, was zwar sehr gedämpft, aber immer noch deutlich bei uns unten am See ankommt. Münchener Freiheit, »Ohne Dich«; der Typ, der offenbar aus Versehen DJ ist, muss schon sehr betrunken sein. Platz 1 der peinlichsten Lieblingslieder, perfekt. Zwischen all den Geräuschen höre ich den Sohn lachen. Was immer alles gleichzeitig passiert und rein gar nichts miteinander zu tun hat, fasziniert mich.
»Werden wir es schaffen? Das mit uns?«, frage ich.
»Ich weiß es nicht.«
Wir gehen wieder zurück zum Tisch. Nicht Arm in Arm, nicht Händchen haltend, sondern wie zwei Menschen, die gerade zufällig denselben Weg haben. Ich entschuldige mich für den Zwischenfall. Bruno entschuldigt sich für den Zwischenfall. Walter kommt von hinten mit meinem Kind auf den Schultern und einem seiner Kinder am Bein an und sagt: »Schon okay, ich mag Quinoa-Salat immer noch nicht.«

Katja sagt: »Wie bitte?«
Wir lachen, und der Abend ist weniger schrecklich.

* * *

Oma Karin sitzt mir gegenüber. Im Ofen knistert es, Opa Wolfgang legt Holz nach und verlässt das Gartenhaus, ohne dass sie ihn dazu auffordern muss. Vielleicht hat sie ihn schon darum gebeten, bevor ich angekommen bin. Es ist der letzte Tag, an dem ich Oma Karin sehen werde. Vom Papier liest sie mir eine Geschichte vor. Ihre Geschichte als junge Frau. Zwanzig Jahre alt, schwanger von einem Mann, den sie gar nicht lange kannte. Noch verstehe ich nicht, was sie mir da erzählt. Sie sagt, sie sprang vom Stuhl auf und ab. Ich traue mich nicht zu sprechen, gern würde ich sie jetzt berühren, aber ich bleibe aufrecht vor ihr sitzen. Kein Wort will mir über die Lippen gehen. Ich stelle mir Oma Karin in diesem Moment vor. Wie sich die Schwangerschaft für sie angefühlt hat. Die Verzweiflung, als sie es versucht hat, wieder rückgängig zu machen, indem sie immer wieder auf einen Stuhl drauf und wieder herunter sprang. Im Kopf rechne ich den Geburtstag meines Vaters nach. Es war Winter, als sie herausfand, sie erwartete ein Kind. Bestimmt war es kalt. Ich stelle mir vor, wie sie ihre langen Haare hoch zu einem Zopf gebunden hatte, vielleicht trug sie eine Jeans. Hatte sie Schuhe dabei an oder war sie barfuß? Zum ersten Mal wird mir die Zeitlichkeit ihres Hochzeitsfotos bewusst, welches ich als kleines Mädchen neugierig begutachtet hatte. Sie ist darauf schwanger. Heimlich 60er-Jahre-schwanger, vielleicht im dritten oder vierten Monat, was nur ein weiter Reifrock verbergen konnte.

Dreizehn Jahre später. Ich sitze auf dem Balkon und bin Oma Karin näher als jemals zuvor, ohne überhaupt bewusst an sie zu denken. Bruno wird mich verlassen. Zwei Stunden zuvor lagen wir auf dem Boden im Flur seiner Wohnung. Erst habe ich gebrüllt, dann hat er gebrüllt, dann haben wir uns fest umklammert, sind gemeinsam zu Boden gesunken und haben die Wand angeweint. Sechste Woche, fast siebte, hat Dr. L. gesagt. Ich zünde mir eine Zigarette an. Dann noch eine. Mit der letzten zünde ich mir die nächste an. Wenn ich jetzt das Baby verlieren würde, wäre morgen alles wie immer. Ich nehme hastig einen Zug nach dem anderen. Wenn ich das Baby verliere, bevor es ein Baby wird, kann ich damit leben. Mein Stuhl, mein ganz eigener Stuhl, auf den ich drauf und von dem wieder herunter springe. Ich ziehe an der Zigarette. Jetzt denke ich nichts mehr. Ich denke nichts, ich fühle nichts, ich rauche einfach. Genau genommen merke ich nichts von mir. Das ist das Schlimmste.

Ich stehe vor einem Pult in einer Kapelle vor Hunderten von Leuten. Die halbe Kleingartenanlage ist zu ihrer Beerdigung gekommen. Ich halte die Grabrede. »Du schreibst doch so gerne«, hatte meine Mutter gesagt. Wäre doch schön, wenn ich die Rede hielte und nicht irgendein Pfarrer, der sie nicht gekannt hatte. Gläubig war sie sowieso nicht. Keiner von den Kleingärtnern, die mit Taschentüchern ihre Tränen wegwischen. Oma Karin wird anonym beigesetzt. So typisch: wenig Geld, wenig Aufwand. Es soll sich bloß keiner von uns eine Grabpflege ans Bein binden müssen. Praktisch bis in den Tod. Ein Pfarrer spricht schließlich doch, irgendetwas Grässliches, ich erinnere mich nicht mehr genau an seine Worte, nur noch, wie er holprig zu mir überleitete: »Und wer könnte nicht besser über sie sprechen als ihre Enkeltochter.« Er zeigte dabei auf die falsche Frau, mein Bruder und ich mussten kichern. Ich steige die Stufen zum Rednerpult hoch und schaue nun in die Gesichter der Kleingärtner, es sind wirklich unglaublich viele von ihnen gekommen.

Meine Rede beginnt mit einem Zitat von Thornton Wilder.

Da ist ein Land der Lebenden und ein Land der Toten.
Und die Brücke zwischen ihnen ist die Liebe –
Das einzig Bleibende, der einzige Sinn.

Eigentlich ganz schön dick aufgetragen. Im Internet gefunden, als ich »Grabrede« in die Suchmaske eingab. Der Rest der Rede ist das Beste, was ich eben kann. Ein Versuch, über sie zu sprechen, wie man sie gekannt hat. Es ist gar nicht so leicht, eine Rede durchzuziehen, wenn die Familie in der ersten Reihe sitzt und weint, weil man den Anblick gar nicht kennt. Einzeln hat man alle schon mal weinen gesehen, aber nie gleichzeitig. Opa Wolfgang schaut nicht einmal nach oben, er schaut auf seine Hände, die geschlossen auf seinem Schoß liegen und die er nur bewegt, wenn er die Tränen mit ihnen wegwischt.

Normalerweise sagt man bei einer Rede ausschließlich gute Dinge über eine Person, aber ich sage auch etwas zu ihren Schwächen. Weil ich finde, das gehört zu jedem guten Leben dazu. Das ist es, was ich an ihr mochte, ihre Fehlbarkeit, und trotzdem war sie eine hinreißende Frau. Anfangs fiel ihr das Muttersein schwer, so in der Art. Aber sie hat ihren Sohn, meinen Vater, gelernt zu lieben und dann mehr geliebt als alles andere auf der Welt. Das war doch was.

Das habe ich aus dem letzten Treffen mitgenommen, ohne zu wissen, Oma Karin würde mir irgendwann mal helfen. Nicht wie eine Bademeisterin einer Ertrinkenden hilft, mehr so was wie eine Weste, die man umhat, damit man nicht untergeht.

Das alles habe ich erst sehr viel später richtig zusammengekriegt. So ist das manchmal mit den Dingen, die einem im Leben passieren. Man kapiert nicht sofort, wie alles zusammenhängt.

Nach dem Tod von Opa Wolfgang sechs Jahre später gibt es nicht viel, was ich von der Kleingartenparzelle behalten will. Ich bin Mitte zwanzig und auf Reisen, da ruft meine Mutter mich an und erklärt, sie würde jetzt alles aus dem Haus räumen und ob ich noch etwas haben möchte. Würde ich selbst durchgehen, würde ich vermutlich mit einem Koffer, vielleicht sogar drei Koffern wieder raus, aber so auf die Schnelle fallen mir nur zwei Dinge ein, die ich haben will: das Backbuch von Oma Karin, in das sie zusätzlich Rezepte aus Zeitungen gelegt hatte, und das Hochzeitsfoto, von dem ich vermute, es könnte noch in der Vitrine im Schlafbereich stehen. Ich bekomme das Backbuch und das Foto ohne den goldenen Rahmen von meiner Mutter zwei Wochen später überreicht. Mein Bruder behält den Garderobenständer aus Holz, den Opa Wolfgang selbst in seinem Schuppen geschreinert hatte. Ob sie das Foto aus dem Rahmen genommen hat, frage ich meine Mutter, und sie verneint, was mich ein wenig stutzig macht. Hatte Opa Wolfgang es aus dem Rahmen genommen und es vielleicht zuletzt bei sich getragen? Das Backbuch, das Foto, der Garderobenständer – und bis auf ein paar Fotos wandert alles andere auf den Sperrmüll. In meiner Familie wird viel weggeschmissen. Ich besitze nichts aus meiner Kindheit, kein Kleidungsstück, kein Kuscheltier, nicht mal ein Bild, welches ich gemalt habe. Es sagt mehr über meine Eltern aus als jede Geschichte, die ich über sie erzählen könnte. Sie halten sich nicht an Dingen fest.

Bruno kommt nach Hause und sieht mich auf dem Balkon rauchen. Er nimmt die Packung aus meiner Hand, zwingt mich aber nicht, die Zigarette auszudrücken. Wir schweigen. So lange, bis zwei Typen am Haus vorbeilaufen. Einer lacht, weil der andere ihm ein Video auf dem Handy vorspielt.

»Versuchst du, das Baby wegzurauchen?«, fragt Bruno.
»Das findest du jetzt bestimmt wieder dramatisch, oder?«
»Ich bin ein Arsch.«

Noch drücke ich die Zigarette nicht aus. Ich ziehe lange und kräftig.

Bruno nimmt meine Hand und sagt: »Es tut mir leid, ich habe dich in den letzten Tagen echt enttäuscht.«

»Ich hätte nicht so viel von dir erwarten sollen. Vor Freude in die Luft springen oder so was. Ich weiß nicht, warum ich das unbedingt wollte.«

»Vielleicht versuchen wir jetzt einfach mal, mehr Ruhe in die Situation reinzubringen.«

»Die Situation? Die Situation ist, ich wollte immer ein Kind, und jetzt will ich es aus mir raushaben. Ich verstehe nichts daran.«

Brunos schöne braune Augen, umringt von den feinen Fältchen, sehen mich durch die Gläser seiner Brille traurig an. Lange kann er meinen Blick nicht halten. Er nimmt die Brille ab, reibt sich die Augen und stöhnt dabei leise auf. Traurige, aber schöne, schöne Augen. Ein bisschen, finde ich, sieht er aus wie der junge Ernest Hemingway. Ich bin wahnsinnig verliebt in dieses Gesicht, in diese traurigen Augen.

»Du entscheidest. Und egal, wofür du dich entscheidest, ich mache mit.«

»Falls ich das Baby nicht umgebracht habe, meinst du wohl.« Ich drücke die Zigarette aus. Wir lächeln uns an, obwohl die Schwere des Augenblicks noch nicht gewichen ist. Bruno nimmt sein Handy, tippt etwas ein, dann lehnt er es an den Blumentopf mit dem Rosenstrauch, den ich am Tag zuvor gekauft habe.

Ich lehne meinen Kopf an Brunos Schulter. Vicky Leandros steht uns bei. Leise singen wir mit: »Nein, sorg dich nicht um mich, du weißt, ich liebe das Leben. Und weine ich manchmal noch um dich. Das geht vorüber sicherlich.«

Am nächsten Tag nehme ich das Hochzeitsfoto meiner Großeltern aus einer Schachtel und rahme es wieder ein.

Plötzlich ist es mir ganz klar. Deutlicher hätte es für niemanden sonst sein können. Ich realisiere, ich muss für mich selbst sorgen können.

**

In den darauffolgenden Wochen, es war bereits Herbst, zog ich bei Bruno ein. Meine Wohnung hatte ich aufgegeben und die meisten Möbel, inklusive der Waschmaschine, der Nachmieterin überlassen. Eigentlich war es riskant gewesen, die Waschmaschine aufzugeben, schließlich zog ich nur zu Testzwecken bei Bruno ein. Die Wahrscheinlichkeit, in ein paar Monaten mit einem Kind wieder auszuziehen, war hoch, und Geld für eine neue Waschmaschine hätte ich überhaupt nicht gehabt. Ich litt unter dieser Ungewissheit, wie mein Leben in Zukunft aussehen würde, versuchte aber, mich davon nicht auffressen zu lassen. Etwas würde mir schon einfallen, wenn es so weit war. Am Tag des Einzugs saß ich abends vor meinem Bücherregal und sortierte alle Titel getrennt nach Warengruppe und alphabetisch nach dem Nachnamen des Autors. In manchen Fällen, wenn ich mehrere Bücher eines Autors oder einer Autorin besaß, ordnete ich sie nach Erscheinungsdatum. Wann immer ich vor einem Regal in einer Buchhandlung stehe, schaue ich, durchaus beschämt wegen dieser kindischen, eigentlich größenwahnsinnigen Angewohnheit, zwischen welchen Schriftstellern mein Buch stehen könnte. Meistens sehr nah an Orhan Pamuk. Po ist eigentlich kein guter Anfang für einen Autorennamen, weil man in der Regel nicht in der Mitte des Fachs auf Augenhöhe ist, sondern eher weiter unten steht. Bei Orhan Pamuk muss man bereits leicht den Kopf nach unten wenden, und bei einer Barbara Pym in einer großen Buchhandlung den Oberkörper schon ziemlich weit runterbeugen. Ganz so hart wie Benedict Wells und Juli Zeh ganz hinten und unten habe ich es aber mit meinem Nachnamen dann doch nicht getroffen. In meinem Bücherregal würde mein Buch zwischen Richard Powers und Thomas Pynchon stehen. Wobei ich Thomas Pynchon noch nie gelesen habe, ich weiß nicht mal, warum ich überhaupt ein Buch von Thomas Pynchon besitze. Ich bin neidisch auf Max Frisch, Olga Grjasnowa und Katharina Hartwell, die exakt auf Augenhöhe stehen und somit als Erstes von Besuchern erspäht werden, die mein Bücherregal inspizieren. Mein Bücherregal ist aber nicht nur ein Bücherregal, welches liebevoll von mir sortiert wurde, sondern enthält eine Vielzahl von Erinnerungen und Geheimnissen. Wann immer ich ein Buch aus dem Regal ziehe, um etwas nachzulesen, fällt dabei ein Zettel raus. Eine Notiz, eine Bahnkarte, eine Adresse. Papier, das ich entweder als Lesezeichen benutzt habe oder als Versteck. Es gibt genau zwei Menschen, die von einem bestimmten Buch wissen, in das sie schauen sollen, wenn mir etwas passiert. Der plötzliche Tod. Es ist einer der schwierigsten Gedanken, die ich habe. Er beschäftigte mich als Jugendliche und hält sich bis heute hartnäckig in meinem Kopf und schwappt zu dem Sohn rüber. Kurz nach meinem 29. Geburtstag schrieb ich eine Art Testament, für den Fall der Fälle, damit die Menschen um mich herum wissen, was zu tun ist, sollte ich sterben. Ich schrieb alle möglichen Passwörter auf einen kleinen Zettel, zeichnete sogar die Entsperrungslinie meines Handys auf und schrieb dazu einen Brief, den ich, zusammen mit dem Zitat von Thornton Wilder, in ein Buch packte.

Ich schrieb:

Für die unwahrscheinliche Wahrscheinlichkeit, die nun eingetreten ist:
– Ich bin tot –

Im Falle meines überraschenden Ablebens sei hier eine kleine Formalität aufgesetzt. Zunächst einmal muss festgehalten werden: Ich habe nicht viel und schon gar kein Geld. Alles, was von materiellem Wert ist, passt gerade mal in mein WG-Zimmer, hier in der Dolziger Straße 36. Trotzdem.

Alle Freunde sollen durch die Bücherregale streifen und sich an den literarischen Schätzen bedienen. Der Restbestand soll an eine wohltätige Einrichtung gehen.

Ich habe im Schrank zwei, drei Kartons mit Briefen und Postkarten. Bitte verbrennen. Tagebücher ebenfalls. Ich finde den

Gedanken, jemand könnte so etwas aufbewahren, eigenartig. (Vielleicht ändere ich meine Meinung noch.)

Küchenzeug geht an meinen Mitbewohner Jakob. Der arme Kerl ist doch nur mit einer einzigen Pfanne hier eingezogen.

Die Beerdigung

Eigentlich könnte es mir egal sein, aber bevor sich alle verzweifelt fragen und vielleicht sogar darüber streiten, wie ich es gerne gehabt hätte, sei hier ein Anreiz:

Auf jeden Fall will ich einen Grabstein, auf dem steht:

BÜCHER WAREN IHRE MISSION

(Der hier Lesende darf gerne mit den Augen rollen!) Ich finde die Vorstellung von einem Ort, an dem mich jemand ab und zu besuchen kann, irgendwie schön. Vielleicht hat man ja immer ein gutes Buch dabei und kommt so zum Lesen.

Reden sollen nur von Menschen gehalten werden, die mich wirklich kannten. Wehe, einer vom Begräbnispersonal tritt auf! Die Musik soll Patrick, unser weltbester Kneipen-DJ, auflegen. Ich zähle auf Fleetwood Mac, »Landslide«. Im Hintergrund dürfen Bilder von Partys, Reisen und besten Momenten gezeigt werden. Hier ist schließlich eine gestorben, die ein schönes Leben hatte. Ich hoffe, es tröstet. Oder sorgt für Massenheulerei. Beides ist mir recht.

Mein tatsächlicher Reichtum

Wer nichts hat, kann nichts hinterlassen. Aber etwas, von dem ich ganz sicher viel besitze, ist die Liebe zu meinen Mitmenschen.

Und ich könnte jetzt viele Namen nennen, der erste wäre Norman, aber das erscheint mir zum jetzigen Zeitpunkt für einen fantasierten Tod dann doch etwas übertrieben. Es genügt wohl, wenn ich es bei einem allgemeinen Lebewohl belasse.

Kein Tag verging in den letzten Jahren, an dem ich meinen Eltern nicht innerlich für das gedankt habe, was sie für mich möglich gemacht haben. Ich blicke auf ein glückliches Leben. Möge es allen gut gehen und die Liebe ihren Weg in alle Herzen finden.

Judith Poznan
Berlin, den 29.07.2015

Anderthalb Jahre später ergänzte ich das Testament um einen weiteren Zettel. Ich verliebte mich in einen geheimnisvollen Mann, von dem ich noch niemandem erzählt hatte, und sorgte mich, er könnte von meinem plötzlichen Tod überhaupt nicht erfahren. Ich stellte ihn mir einsam auf mich wartend in seinem Bett liegend vor. Oder wie man es nennen mochte, wenn das Gestell fehlt und die Matratze auf dem Boden liegt, in einer Ecke unter einem mit Klebefolie überzogenen Fenster einer hundert Quadratmeter großen Hochparterrewohnung.

Auf dem Zettel steht:

Bitte Bruno anrufen!
0171 39363 98

Oktober

»Ich kann die Maus nicht töten«, sagte ich vor Kurzem erst zu Jochen. Die Maus, die ich bisher nur gehört, aber nicht gesehen hatte, hatte längst einen Namen. Rocky. Jochen hat mit dem Kopf geschüttelt, als ich ihm erklärte, ich könne Rocky doch nicht übel nehmen, sich einen so schönen Wohnwagen wie meinen ausgesucht zu haben. »Du weeßt aber schon, dein Rocky is ne janze Rocky-Bande, die Krankheiten übertrajen könn', wa?« Ja, aber das änderte nichts an meinem Vorhaben. Rocky sollte in eine Lebendfalle tapsen, die ich online bestellt hatte. Die Falle war ein Käfig aus Draht. Mit Schwanzschutz, was auch immer das bedeutete, aber ich wollte auf jeden Fall den Schwanz schützen. Rocky konnte doch nicht von mir ohne Schwanz auf dem Feld rausgelassen werden.

Am Abend schmiere ich Nutella an den unteren Teil des Köderhäkchens. Die Tür klappe ich, wie in der Anleitung beschrieben, nach oben, lege den breiten Bügel der Tür über den schmalen Bügel und spanne sie am oberen Ende des Köderhäkchens nach hinten. 195 Bewertungen, die meisten davon mit vier Sternen. Ich lege die Falle in die Sitzbank. Dort, wo Rocky sich die meiste Zeit aufhält, wenn ich den kleinen Kügelchen glaube. Natürlich bin ich nervös. Noch nie habe ich eine Maus gefangen. »Mausi«, sage ich zu dem Jungen. »Wir fangen jetzt den Rocky.« Der Junge versteht nicht wirklich, was ich von ihm möchte, aber fragt, ob er Nutella bekommen kann. Wir gehen schlafen. Trotz der geputzten Zähne bekommt der Junge ein kleines bisschen Nutella. Der Abschiedsschmerz wütet weiter in mir. Diese harmonischen Augenblicke auf dem Campingplatz, allein die Vorfreude darauf. Das Packen für den Campingplatz und das elendige Gefühl im Auto, wieder an irgendwas nicht gedacht zu haben. Habe ich die Gummistiefel für den Sohn vergessen? Habe ich alle Ladekabel eingepackt? Zahnbürsten? Was ist mit dem gelben Ball, mit dem der Sohn gerade so gern spielt? Auf der Rückfahrt frage ich Bruno immer, was ihm am besten gefallen hat, und meistens fange ich an, aufzuzählen: »Als du mit dem Jungen ins Wasser gelaufen bist, er seine Arme ganz fest um dich gelegt hat und ich sehen konnte, wie du ihm etwas ins Ohr flüsterst.«

Kurz darauf liege ich außen am Fenster, der Junge in der Mitte und Bruno innen. Jeder auf seinem Platz. Der Junge möchte noch eine Geschichte hören. Welche? »Von ein Hund!« Hund. Er sagt es zum ersten Mal. Sofort streiche ich ihm über sein Gesicht und knurre ein bisschen. Mir wird der Wauwau fehlen.

***

Der nächste Morgen. Sofort befreie ich die Sitzbank von Polster und Kissen und öffne die Klappe. »O mein Gott«, schreie ich. Bruno wird wach, der Junge dreht sich nur zur Seite. »Rocky! Da ist Rocky!« Aufgeregt trample ich auf der Stelle, der Wohnwagen wackelt.

»Was bist du denn jetzt so aufgeregt?«, fragt Bruno, der sich seine Brille aufsetzt.

»Ich habe doch nicht damit gerechnet, dass jetzt wirklich eine Maus in die Falle geht.«

»Ja, aber du hast sie doch aufgestellt«, sagt Bruno.

Ich runzle die Stirn. Nur weil ich davon ausging, eine Maus zu fangen, ist es doch etwas ganz anderes, wirklich eine Maus zu fangen. »Rocky ist drollig«, sage ich. Eine kleine dunkelgraue Maus, die sich in die Ecke des Käfigs geflüchtet hat, mit Knopfaugen und Stupsnase.

Dann steht Bruno auf. »Abgefahren!«, sagt er, guckt Rocky an und klopft mir auf die Schulter. Der Sohn wird wach, und ich ziehe ihn sofort von der Matratze zu mir in den Arm.

»Da schau. Die Mami hat eine Maus gefangen!« Der Junge ist natürlich sofort begeistert, wiederholt das Wort Maus, vielleicht rechnet er sich einen neuen Spielkameraden aus.

»Und jetzt?«, fragt Bruno.

»Erst mal pullern gehen.«

Ich bestehe darauf, Rocky gemeinsam in die Freiheit zu entlassen. Als Familienereignis. Als krönender Abschluss für einen Sommer, den ich so bald nicht vergessen würde. Wir ziehen uns Schuhe an und laufen mit der Falle durch die Büsche auf das ratzekurz gemähte Feld. Wir können bis zum See schauen. Ich ziehe mein Handy aus der Tasche und öffne Spotify, weil ich aus diesem Moment das Maximale herausholen möchte. Zu »Gonna Fly Now«, meinem Lieblingslied vom gesamten »Rocky«-Soundtrack, Bruno wagt es nicht, seine Augen zu verdrehen, stapfen wir zu dritt übers Feld. Der Morgen ist schön. In der Nacht hat es geregnet, die Luft ist frisch, aber nicht kalt. Die Trompeten und verschiedenen Gesangsstimmen passen so gut. Wir laufen das gesamte Lied über nach vorne, der Junge sitzt auf Brunos Schultern. »Da!«, zeigt er aufgeregt in alle Richtungen, als könnte er von da oben aus besser bestimmen, wo es langgeht, als vom Boden aus. Wir müssen nur weit genug vom Wohnwagen wegkommen, dann findet Rocky den Weg bestimmt nicht mehr zurück. Ich ziehe an Brunos Schulter, gehe auf Zehenspitzen und küsse ihn. »Ich glaube, wir sind weit genug gelaufen«, sage ich.

»Hey, weißt du, wonach es gerade riecht?«, fragt Bruno.

»Wonach?«

»Herbst.«

Ich gebe Bruno noch einen Kuss.

Das Lied ist zu Ende. Bruno setzt den Sohn ab, ich Rocky. Okidoki, bei drei öffne ich die Tür. »Eins, zwei, ich glaube, Rocky wird ein gutes Leben haben«, sage ich. »Drei.« Rocky flitzt sofort aus dem Käfig. Er läuft aber nicht über das freie Feld, sondern wartet vor der Tür des Käfigs, als würde er sich verabschieden wollen. Ich mache eine kleine Verbeugung. Dann flitzt er los, nach wenigen Sekunden sehen wir ihn nicht mehr.

»Ich glaube, da war ein Knick in seinem Schwanz«, sagt Bruno.

195 Bewertungen und wie sie auf einmal rein gar nichts mehr bedeuten. »Mach es gut, Rocky. Tut mir leid, das mit deinem Schwanz.«

Bruno legt seinen Arm um mich. Der Junge will zu mir hoch auf die Schultern. Hinter uns liegt der Wohnwagen, in all seiner schrottigen Pracht. Vor uns der See, die Straße dazwischen wird von keinem Auto befahren. Der Herbstzug der Schwalben fliegt über unsere Köpfe.

Bruno läuft ein kleines Stück vor. »Das hat wirklich gut geklappt«, sage ich.

Bruno lächelt mich an. Dann dreht er sich um. »Ja«, sagt Bruno. »Wollen wir?«

In den folgenden Wochen

Die nächsten Tage ohne Campingplatz fühlten sich wie ein Entzug an. Zwar nahmen wir uns fest vor, im Laufe des Winters mal nach dem Rechten zu sehen, aber mit einem eingepackten Wohnwagen und ohne die Nachbarn vom Platz würde mir etwas fehlen.

Es war ein gewöhnlicher Morgen, da bekam ich eine Mail von einer Spiegel-Redakteurin, die diesen Morgen schlagartig änderte. Die Redakteurin fragte mich, ob ich mir vorstellen könne, einen Artikel über den Wohnwagen zu schreiben. Sie habe bei Instagram ein bisschen was von mir dazu gelesen und sei ebenfalls begeisterte Camperin. Ich spuckte fast meinen Kaffee aus.

Bruno hatte mir ein Jahr zuvor einen regelmäßigen Texterjob in einer Werbeagentur besorgt. Monat für Monat befreite ich mich mehr aus der Abhängigkeit, und das Versprechen, das ich mir selbst gegeben hatte, als ich mich für mein Kind entschied, schien fast erfüllt. Neben der Texterarbeit hatte ich es geschafft, mir einen kleinen Namen zu machen für eine Reihe von Zeitungen und Magazinen rund um das Thema Mutterschaft und Familie. Dass mir der Buchvertrag immer noch fehlte, war der blinde Fleck auf meinem Herzen, an den ich mich allmählich gewöhnt hatte. Aufgeben wollte ich aber immer noch nicht. Das zweite Buchprojekt, ein Kurzgeschichtenband über Mütter, hatte sich genauso schwer an einen Verlag bringen lassen wie der Roman zwei Jahre zuvor. Ich war Autorin, nur eben ohne Buch. Aber für den Spiegel zu schreiben, war ein Ereignis für mich. Und dann auch noch über etwas, das so sehr in mir brannte. Der Wohnwagen. Die Redakteurin freute sich über den Artikel, den ich schneller schrieb als irgendeinen sonst, und sie brachte, ohne es zu wissen, einen Stein ins Rollen.

Seit einem Jahr hatte ich eine neue Agentin, die an vielen Stellen sehr viel optimistischer gestimmt war als ich. In meiner Bewerbungsmail schrieb ich ihr, mein Sohn habe zu mir gesagt: »Mama arbeiten«, und sie hatte geantwortet: »Das wird sie.« Ich musste also nur weiterschreiben, und dann würden wir ganz sicher einen Verlag für mich finden. Verlage waren mittlerweile Festungen in meinem Kopf, mit hohen Steinmauern drumherum, die ich nicht erklimmen konnte. Ich gehörte nicht dazu. Ich gehörte nicht dazu, egal wie viele Artikel ich geschrieben hatte. »Nein, immer noch kein Buchvertrag«, antwortete ich, wann immer sich jemand nach dem aktuellen Stand erkundigte.

Als meine Agentin mich zu sich ins Büro einlud, fuhr ich im Oktober mit keiner einzigen neuen Seite zu ihr nach Mitte. Allmählich hatte ich Sorge, sie würde mich nicht mehr vertreten, wenn nicht endlich ein paar Seiten aus mir rauskämen, die meine Chancen erhöhen würden. Also saß ich da, vor Kaffee und Kuchen und Augen, die mich aufbauend anschauten. »Wir geben nicht auf«, sagte meine Agentin. Ich glaube, das sind Worte, die jeder Mensch hören muss, wenn er selbst gerade ganz sicher am Aufgeben ist. Hätte sie das nicht gesagt, hätte ich mich vielleicht nie getraut. »Ich hätte da noch eine Idee«, sagte ich. »Ein Camping-Buch.«

Viel mehr als das hatte ich nicht. Also ging ich nach Hause und schrieb am nächsten Tag die ersten Seiten auf. Tagsüber kümmerte ich mich um meinen Sohn, überlegte mir Szenen, während ich den Buggy zum Spielplatz schob. Als er oben auf der Rutsche stand, fiel mir der Anfang meines Buches ein. Schnell schrieb ich Notizen in mein Handy, um dort später wieder anzuknüpfen, ja doch, die Mami guckt, hui!

Es war jener Mut zur Verzweiflung, der mich auch dieses Mal nicht im Stich ließ. Abends, wenn der Junge im Bett war, schrieb ich das alles raus. Frei nach Gefühl, ich hatte absolut nichts zu verlieren. Das erste Mal in vier Jahren hing mir niemand im Nacken. Noch hatte es niemand kritisch gelesen und dankend abgelehnt. Die Seiten waren so rein und so ehrlich. Was, wenn ich dieses Camping-Buch größer denken würde? Wenn ich erzählte, wie es dazu gekommen war, dass ich diesen Wohnwagen überhaupt gekauft hatte? Über den Schmerz, den ich einen Sommer lang empfunden, und das ganze Glück, das mich gleichzeitig durchströmt hatte. Plötzlich sah ich das Gerüst der Geschichte vor mir. Und einen Monat später hatte ich so viele Seiten zusammenbekommen, dass meine Agentin entschied, wir könnten damit rausgehen. Spätabends hatte ich noch dagesessen und geschrieben. Bruno hatte gesagt, ich solle doch endlich schlafen gehen, meine Augen seien schon gläsern, aber es ging nicht. Es musste alles raus. Der schrottige Wohnwagen, der halb nackte Günther, natürlich die Mäuse und Oma Karin und Opa Wolfgang, dieses ganze Übermaß an Gefühlen und Erinnerungen. Nichts durfte mir dabei entwischen. Selbstverständlich war ich an diesem Punkt schon oft gewesen. Diese Spannung ist kaum auszuhalten. Man hat keine Zusage, aber eben auch keine Absage. Das Dazwischen muss man aushalten können. Der Unterschied: Ich hatte keine Angst mehr, keinen Buchvertrag zu bekommen, sondern Angst, dass ich das Buch nicht zu Ende schreiben könnte, wenn ich keinen bekäme. In den letzten zwei Jahren hatte ich am liebsten Biografien und Tagebücher gelesen. Die Tagebücher von Anne Frank, Astrid Lindgren, Erich Kästner und Christa Wolf. Ich las zum zweiten Mal Bov Bjerg und zum ersten Mal Joachim Meyerhoff und Sarah Kuttner. Ich war hingerissen von Jochen Schmidts *Zuckersand* und berührt von Deborah Levys *Was das Leben kostet*. Ich fühlte mich mit allen verbunden und gleichzeitig von ihnen eingeschüchtert. Zum ersten Mal war ich aber selbst davon überzeugt, es würde ein Buch sein, das ich selbst gerne lesen würde. Und es fehlte jetzt nur noch ein Verlag, der das auch so sah. Von da an wartete ich jeden Tag auf einen Anruf von meiner Agentin.

Und er kam. Der DuMont Buchverlag hatte Interesse. Das knallte schon mal gut rein. Ein paar Seiten bräuchte die Lektorin aber noch, um sich wirklich sicher zu sein, erklärte mir meine Agentin. Um diese Seiten zu schreiben, saß ich nicht mehr spätabends am Schreibtisch, sondern nachts. Nicht erschöpft oder dergleichen, sondern berauscht. Da war endlich eine Lektorin von einem Verlag, die etwas in meinem Text sah. Wieder gingen die Seiten raus, und nun hieß es wieder warten. Auf ein Angebot. Ich weiß noch, wie ich meine Mutter anrief und ins Telefon flüsterte: »Noch können wir uns nicht freuen, aber Mama, dieses Mal könnte es vielleicht klappen. So nah war ich noch nie dran.« Konzentrieren konnte ich mich ab sofort auf nichts mehr, und ich drehte eine Runde nach der anderen um den Kanal, bis ich den Jungen von der Kita abholte. Das Maybachufer hoch und am Paul-Linke-Ufer wieder runter. Vorbei an Brunos ehemaligem Loch, vorbei an den letzten Schwänen in diesem Jahr, vorbei am Pavillon, wo wir dem Jungen immer Waffeln kaufen. Diese eine Chance, ich brauchte nur diese eine Chance.

Ein paar Tage später brachte ich den Jungen ins Bett. Er kuschelte sich an mich, ich genoss seinen Geruch, streichelte seine Stirn. Erst setzten wir den Dinosaurier auf ein gelbes Fahrrad, der dann ans Meer fuhr und eine Robbe auf einem blauen Fahrrad traf. Mit dem blauen Fahrrad fuhr die Robbe in die Wüste und traf eine Schlange auf einem rosa Fahrrad. Während wir um die Welt radelten, hörte ich, wie mein Handy neben mir auf dem Nachttisch vibrierte. Mein Herz schlug sofort schneller. Erst als der Junge schlief, stand ich auf und sah den verpassten Anruf meiner Agentin und eine Nachricht von ihr: »Ruf doch kurz mal an, Judith.« Das tat ich. Bruno saß auf der Couch und schaute Fernsehen, also rannte ich ins Badezimmer. Meine Agentin hob ab. »Es liegt ein Angebot vor. Du hast es geschafft.« Meine Beine wurden ganz weich, mein Kopf überspült von tausend Gedanken auf einmal. Ich war nicht in der Lage, zu lachen, nicht zu weinen, ich saß im Badezimmer auf dem Toilettendeckel und konnte es einfach nicht fassen. Dieses Mal hatte es also geklappt. Und egal, wie oft ich etwas in meinem Leben nicht schaffen würde, wie oft ich noch scheiterte – dieser Moment, zusammen mit all den anderen schönen Momenten, war da, und unabänderlich würden sie für immer da gewesen sein.

So wird es unaufhörlich weitergehen. Das ist doch eine prima Aussicht.

Noch in der nächsten Woche setzte ich meine Arbeit an dem Manuskript fort und wusste plötzlich genau, was ich erzählen wollte. Zu diesem Punkt hier musste ich gelangen. Ich bin bei mir.

Erste Auflage 2021
© 2021 DuMont Buchverlag, Köln
Alle Rechte vorbehalten
Umschlaggestaltung: Lübbeke Naumann Thoben, Köln
Satz: Angelika Kudella, Köln
Gesetzt aus der Janson
Druck und Verarbeitung: CPI books GmbH, Leck
Gedruckt auf säurefreiem und chlorfrei gebleichtem Papier
Printed in Germany
ISBN 978-3-8321-8173-4

www.dumont-buchverlag.de